高一同學的目標

1. 熟背「高中常用7000字」　　2. 月期考得高分　　3. 會說流利的英語

1.「用會話背7000字①」書+ CD 280元
以三個極短句為一組的方式，讓同學背了會話，
同時快速增加單字。高一同學要從「國中常用
2000字」挑戰「高中常用7000字」，加強單字是
第一目標。

2.「一分鐘背9個單字」書+ CD 280元
利用字首、字尾的排列，讓你快速增加單字。一次背9個比背
1個字簡單。

3. rival

rival⁵ ('raɪvḷ) *n.* 對手
arrival³ (ə'raɪvḷ) *n.* 到達　　都有 rival
festival² ('fɛstəvḷ) *n.* 節日；慶祝活動

revival⁶ (rɪ'vaɪvḷ) *n.* 復甦
survival³ (sə'vaɪvḷ) *n.* 生還　　字尾是 vival
carnival⁶ ('karnəvḷ) *n.* 嘉年華會

carnation⁵ (kar'neʃən) *n.* 康乃馨
donation⁶ (do'neʃən) *n.* 捐贈　　字尾是 nation
donate⁶ ('donet) *v.* 捐贈

3.「一口氣考試英語」書+ CD 280元
把大學入學考試題目編成會話，背了以後，
會說英語，又會考試。

例如：
What a nice surprise! (真令人驚喜！)【常考】
I can't believe my eyes.
(我無法相信我的眼睛。)
Little did I dream of seeing you here.
(做夢也沒想到會在這裡看到你。)【駒澤大】

4.「一口氣背文法」書+ CD 280元

英文文法範圍無限大，規則無限多，誰背得完？
劉毅老師把文法整體的概念，編成216句，背完
了會做文法題、會說英語，也會寫作文。既是一
本文法書，也是一本會話書。

1. 現在簡單式的用法

I *get up* early every day.	我每天早起。
I *understand* this rule now.	我現在了解這條規定了。
Actions *speak* louder than words.	行動勝於言辭。

【二、三句強調實踐早起】

5.「高中英語聽力測驗①」書+ MP3 280元

6.「高中英語聽力測驗進階」書+ MP3 280元

高一月期考聽力佔20%，我們根據大考中心公布的
聽力題型編輯而成。

7.「高一月期考英文試題」書 280元

收集建中、北一女、師大附中、中山、成功、景
美女中等各校試題，並聘請各校名師編寫模擬試
題。

8.「高一英文克漏字測驗」書 180元

9.「高一英文閱讀測驗」書 180元

全部取材自高一月期考試題，英雄
所見略同，重複出現的機率很高。
附有翻譯及詳解，不必查字典，對
錯答案都有明確交待，做完題目，
一看就懂。

高二同學的目標──提早準備考大學

1. 「用會話背7000字①②」
   書+CD，每冊280元

「用會話背7000字」能夠解決所有學英文的困難。高二同學可先從第一冊開始背，第一冊和第二冊沒有程度上的差異，背得越多，單字量越多，在腦海中的短句越多。每一個極短句大多不超過5個字，1個字或2個字可以成一個句子，如：「用會話背7000字①」p.184，每一句都2個字，好背得不得了，而且與生活息息相關，是每個人都必須知道的知識，例如：成功的祕訣是什麼？

11. What are the keys to success?

Be *ambitious*.	要有<u>雄心</u>。
Be *confident*.	要有<u>信心</u>。
Have *determination*.	要有<u>決心</u>。
Be *patient*.	要有<u>耐心</u>。
Be *persistent*.	要有<u>恆心</u>。
Show *sincerity*.	要有<u>誠心</u>。
Be *charitable*.	要有<u>愛心</u>。
Be *modest*.	要<u>虛心</u>。
Have *devotion*.	要<u>專心</u>。

當你背單字的時候，就要有「雄心」，要「決心」背好，對自己要有「信心」，一定要有「耐心」和「恆心」，背書時要「專心」。

背完後，腦中有2,160個句子，那不得了，無限多的排列組合，可以寫作文。有了單字，翻譯、閱讀測驗、克漏字都難不倒你了。高二的時候，要下定決心，把7000字背熟、背爛。雖然高中課本以7000字為範圍，編者為了便宜行事，往往超出7000字，同學背了少用的單字，反倒忽略真正重要的單字。千萬記住，背就要背「高中常用7000字」，背完之後，天不怕、地不怕，任何考試都難不倒你。

2.「時速破百單字快速記憶」書 250元

字尾是 try，重音在倒數第三音節上

entry³（'ɛntrɪ）n. 進入【No entry. 禁止進入。】
country¹（'kʌntrɪ）n. 國家；鄉下【ou 讀 /ʌ/，為例外字】
ministry⁴（'mɪnɪstrɪ）n. 部【mini = small】

chemistry⁴（'kɛmɪstrɪ）n. 化學
geometry⁵（dʒɪ'ɑmətrɪ）n. 幾何學【geo 土地，metry 測量】
industry²（'ɪndəstrɪ）n. 工業；勤勉【這個字重音常唸錯】

poetry¹（'po‧ɪtrɪ）n. 詩
poultry⁴（'poltrɪ）n. 家禽 ｝字尾 y 表「集合名詞」
pastry⁵（'pestrɪ）n. 糕餅

3.「高二英文克漏字測驗」書 180元

4.「高二英文閱讀測驗」書 180元
全部選自各校高二月期考試題精華，英雄所見略
同，再出現的機率很高。

5.「7000字學測試題詳解」書 250元
一般模考題為了便宜行事，往往超出7000字範圍
，無論做多少份試題，仍然有大量生字，無法進
步。唯有鎖定7000字為範圍的試題，才會對準備
考試有幫助。每份試題都經「劉毅英文」同學實
際考過，效果奇佳。附有詳細解答，單字標明級
數，對錯答案都有明確交待，不需要再查字典，
做完題目，再看詳解，快樂無比。

6.「高中常用7000字解析【豪華版】」書 390元
按照「大考中心高中英文參考詞彙表」編輯而成
。難背的單字有「記憶技巧」、「同義字」及
「反義字」，關鍵的單字有「典型考題」。大學
入學考試核心單字，以紅色標記。

7.「高中7000字測驗題庫」書 180元
取材自大規模考試，解答詳盡，節省查字典的時間。

做題目是學文法的捷徑

文法題目做得越多，文法規則越熟練，但傳統文法試題句子太長，單字太多，文謅謅，句子不實用，所以你不想做，也做不下去。

傳統文法題目：

_____ carefully if any change occurs when doing experiments in the lab. 〔北京高考〕　　　　　　　　　　　　　　　　　　　**[A]**

A. Observe　　B. To observe　　C. Observed　　D. Observing

這種句子要分析：

Observe carefully if any change occurs when doing experiments in the lab.

在實驗室做實驗時，要小心觀察是否有任何的變化。

傳統文法試題想要在一個句子裡，同時測驗文法、單字和句型，結果是什麼都學不好。這種文法題不管你多有毅力，做不了多少題，又忽略了文法規則。**傳統試題有四個選項，是做題目的障礙。**

若改成極簡高中文法試題：

_____ things carefully.

A. Observe　　　　B. To observe

一看就懂，這條題目考命令句要用原形動詞，順便熟悉一個單字 observe「觀察」。背 observe 是及物還是不及物，不如背句子。**文法題目改變一下，海闊天空，同學喜歡做，老師喜歡教。**碰到不會的，再查閱「**文法寶典**」。

研究文法規則，冷冰冰，背了不見得用得到，**背短句是最好的方法。**「極簡高中文法」書中有 50 回測驗，共 1,000 條題目，**你會越做越想做，喜歡接受挑戰。**從此不再害怕文法題。只要你文法題目做超過 1,000 題，你做任何題目都會天不怕、地不怕，**你會變成「文法大王」！**

劉　毅

All rights reserved. No part of this publication
may be reproduced without the prior permission
of Learning Publishing Company.
本資料版權爲「學習出版公司」所有，非經書面授權，
不得翻印。

TEST 1

選出一個<u>最正確</u>的答案。

1. David denied _____ the money.
   A. stealing   B. to steal   【永春高中】

2. _____ he told you isn't true.
   A. What   B. Whether   【西松高中】

3. Are you going to leave the door _____?
   A. opened   B. open   【三重高中】

4. Please keep the door _____.
   A. closed   B. close

5. What _____ you cry?
   A. caused   B. made   【永平高中】

6. _____ things carefully.
   A. Observe   B. To observe   【北京大學】

7. Do you feel like _____ for a swim?
   A. to go   B. going   【陝西大學】

8. I'll be back _____ ten minutes.
   A. in   B. after   【日本愛知工大】

9. _____ anything happens, call me immediately.
   A. In case   B. Even though   【四川大學】

10. She sat _____ her children.
    A. surrounded by　　B. surrounding　【日本西南院大】

11. _____ Sunday, the bank was closed.
    A. Being　　　　　B. It being　　【日本北海學園大】

12. _____ ill, I stayed at home.
    A. Being　　　　　B. It being

13. It is essential that you _____ there today.
    A. are　　　　　　B. be　　　【日本櫻美林大】

14. There is _____ the future.
    A. no predicting　　B. not to predict　【成功高中】

15. I generally _____ many dogs near my school.
    A. see　　　　　　B. am seeing　　【日本明治大】

16. I have no idea when he _____ again.
    A. come　　　　　B. will come　　【日本玉川大】

17. They _____ in Tokyo tomorrow.
    A. will be arrived　　B. are arriving　【日本東北學院大】

18. It _____ time to learn a new language.
    A. spends　　　　　B. takes　　　【三重高中】

19. The king is not kind _____ cruel.
    A. only　　　　　　B. but　　　【育成高中】

20. The movie is worth _____.
    A. to be seen　　　　B. seeing　　【成功高中】

TEST 1 詳解

1. **A** deny「否認」後接動名詞，表示「否認做過某事」。

2. **A** ***What*** *he told you* isn't true. 他告訴你的不是真的。
   What 為複合關代，引導名詞子句做主詞。

3. **B** 「leave + 受詞 + 受詞補語」表「把～置於…狀態」，leave the door ***open*** 指「讓門開著（沒有關）」，補語用形容詞 open「開著的」，表狀態。

4. **A** keep the door ***closed*** 讓門關著（不要打開），closed 為形容詞。close 當動詞表「關閉」，當形容詞是「靠近的」，句意、用法皆不合

5. **B** 由受詞後的原形動詞可知，空格需要使役動詞 made。caused 為一般動詞，接受詞後要用 to V。

6. **A** Observe things *carefully*. 要小心觀察事物。
   命令句用原形動詞。

7. **B** ***feel like V-ing*** 想要做某事
   go for a swim 去游泳（= go swimming）

8. **A** in 用於未來式，表示「再過～時間」。

9. **A** ***In case*** *anything happens*, call me *immediately*.
   萬一有任何事情發生，立刻打電話給我。
   in case 萬一；如果（= if）【表條件】
   even though 即使；雖然（= though）【表讓步】

10. **A** She sat <u>surrounded by</u> her children.

她坐著被她的小孩包圍。

依句意爲「被動」，用 surrounded by... 做補語。

11. **B** *It being Sunday*, the bank was closed.

因爲是週日，銀行沒開。

前句原爲 *Because it was* Sunday，改成分詞構句時，主詞 it 和後句 the bank 不同，故保留。

12. **A** 前句原爲 *Because I was* ill，改成分詞構句時，主詞和後句相同，故省略。

13. **B** It is essential 後的 that 子句中，助動詞 should 常省略，用原形動詞，表示「…是必須的」。

14. **A** There is <u>no predicting</u> the future. 未來是無法預測的。

There is no + V-ing 做～是不可能的

(= *It is impossible to V*)

15. **A** generally「一般；通常」和現在式連用。

16. **B** when 引導名詞子句，做 I have no idea = I don't know 的受詞，依句意該用未來式。

17. **B** arrive「到達」爲來去動詞，可用現在進行式表未來。

arrive 爲不及物動詞，沒有被動。

18. **B** It 是虛主詞，後面的不定詞是真正主詞，表示事物「花」時間用 takes。

19. **B** ***not A but B*** 不是 A 而是 B

20. **B** ***be worth + V-ing***「值得～」有三個條件：① V-ing 爲主動 ②及物動詞③無受詞。

TEST 2

選出一個<u>最正確</u>的答案。

1. You missed it, or we _____ fun together.
   A. had had　　　　　B. would have had 【江蘇高考】

2. If you were here now, we _____ fun together.
   A. have　　　　　B. would have

3. My sister was not diligent, and _____ I.
   A. either was　　　　B. neither was 【大學入試中心】

4. Their mom had them _____ up their toys.
   A. pick　　　　　B. picked 【秋田縣大】

5. I can't find my purse. I _____ it somewhere.
   A. should leave　　　B. must have left 【天津高考】

6. The boy needs _____ after.
   A. looking　　　　　B. to looking 【高知大】

7. I was there to see how the plan _____ out.
   A. has been carried　B. would be carried 【江蘇高考】

8. Wood _____ be a main fuel source.
   A. was used to　　　B. used to 【大學入試中心】

9. Wood was used to _____ houses.
   A. make　　　　　B. making

10. The bus was crowded with little space _____.
    A. left   B. was left   【立人中學】

11. Soap, _____ correctly, is effective.
    A. used   B. use   【北京高考】

12. _____ you need any more, please call.
    A. Would   B. Should   【鹿兒島大】

13. This fruit smells a bit _____.
    A. strangely   B. strange   【中和高中】

14. Simply _____ the button to call for help.
    A. press   B. to press   【北京高考】

15. Don't forget to mail it, _____?
    A. won't you   B. will you   【鹿兒島大】

16. Have more cake, _____?
    A. won't you   B. will you

17. The loss of data _____ cause problems.
    A. can   B. has   【北京高考】

18. This is the cottage _____ we spent the winter.
    A. which   B. where   【高崎經濟大學】

19. _____ on old roads is always interesting.
    A. Traveled   B. Traveling   【北京高考】

20. No matter _____ busy he is, he always calls me.
    A. what   B. how   【群馬大學】

TEST 2 詳解

1. **B** 你錯過了，否則我們就可以一起玩了。後句是「與過去事實相反」的假設語氣，要用 would have p.p.。

2. **B** 如果你現在在這裡，我們就可以一起玩了。本句是「與現在事實相反」的假設語氣，要用 would + 原形動詞。

3. **B** 表示「也不」用 neither，用於倒裝句。

4. **A** had 是使役動詞，接受詞後用原形動詞。

5. **B** I *must have left* it somewhere. 我一定把它遺留在某處了。
must have p.p. 表示「對過去肯定的推測」。

6. **A** The boy needs *looking after*. 這個男孩需要照顧。
= The boy needs *to be looked after*. *look after* 照顧
need 後面用主動進行式，代表被動含意。

7. **B** 在過去式中，表未來助動詞要用 would。

8. **B** 木頭過去是一個主要的燃料來源。
「*used to* + 原形動詞」表過去的狀態。
fuel〔'fjuəl〕*n.* 燃料　　source〔sors〕*n.* 來源

9. **A** 木頭過去被用來蓋房子。*be used to V* 被用來～

10. **A** The bus was crowded *with little space left*.
公車很擁擠，沒有多少空間剩下。
「with + 受詞 + 受詞補語」表「附帶狀態」，補充說明主要子句，空間是「被剩下的」，所以用過去分詞表「被動」。

11. **A** Soap, (*if it is*) *used correctly*, is effective.

肥皂，如果使用正確，是很有效的。

12. **B** should 做「萬一」解，原句為：*If* you *should need* any more, ... 省略 If，而將 Should 置於句首。

13. **B** smell「聞起來」，接形容詞。

14. **A** Simply <u>press</u> the button to call for help.

要求助只要按這個按鈕。命令句用原形動詞。

15. **B** 否定祈使句後，附加問句用 ***will you?***，表「請求」。

16. **A** 肯定祈使句後，附加問句用 will you? 表「請求」，***won't you?*** 表「邀請」。

17. **A** 資料遺失可能會造成問題。can（可能）後接原形動詞，而 has 後要接過去分詞，為現在完成式。

18. **B** This is the cottage ***where*** *we spent the winter*.

這就是我們過冬的小屋。

關係副詞 where 引導形容詞子句，形容 cottage。

19. **B** 動名詞片語 Traveling ... roads 當主詞。

20. **B** *No matter **how** busy he is*, he always calls me.

無論他多忙，他總是會打電話給我。

(= *However busy he is, he....*)

No matter how 為副詞，修飾後面的 busy，做「無論多麼～」解。

TEST 3

選出一個<u>最正確</u>的答案。

1. It's strange that he _____ have taken the books.
   A. will   B. should   【江蘇高考】

2. The official demands that all bags _____.
   A. are examined   B. be examined   【立人中學】

3. David wasn't at school, and _____ Peter.
   A. neither did   B. neither was   【宮崎大學】

4. If we _____ the flight, we'd be there now.
   A. had caught   B. have caught   【天津高考】

5. The news neither surprised nor _____ them.
   A. excited   B. to excite   【秋田縣大】

6. Before joining, I _____ about it for months.
   A. had been thinking   B. was thinking   【鹿兒島大】

7. Those students _____ in learning about nature.
   A. are interesting   B. are interested 【宮崎大學】

8. These grapes taste _____.
   A. sweet   B. sweetly   【中和高中】

9. This is _____ my father taught me: always face difficulties.
   A. what   B. which   【北京高考】

10. _____, please tell us about yourself.
 A. To the begin B. To begin with 【秋田縣大】

11. He passed away after _____ by the snake.
 A. being bitten B. biting 【板橋高中】

12. The number of students has increased _____ 20%.
 A. at B. by 【大阪教育大】

13. Eating is not allowed, and _____ chatting.
 A. neither is B. neither does 【立人中學】

14. _____ waited for hours, May became impatient.
 A. To have B. Having 【內湖高中】

15. The crash left some wounded and some _____.
 A. missing B. missed 【建國中學】

16. We can't use this until we _____.
 A. will have fixed it B. have it fixed 【高知大】

17. Chris has no idea when his Miss Right _____.
 A. appear B. will appear 【中和高中】

18. The police _____ caught the thief.
 A. has B. have 【和平高中】

19. His winning is _____ news.
 A. surprising B. surprised 【大阪教育大】

20. My teacher _____ me rewrite the report.
 A. made B. asked 【高崎經濟大學】

TEST 3 詳解

1. **B** It is strange that... 表示「驚訝」等情緒時，that 子句中助動詞要用 should，做「居然；竟然」解。

2. **B** 官員要求，所有袋子都要被檢查。
   demand「要求」是慾望動詞，接 that 子句，子句中助動詞要用 should，而 should 通常省略，故用原形動詞。

3. **B** 前句動詞是 was，故後句也要用 was。

4. **A** 如果我們有趕上飛機，我們現在就在那裡了。
   If 子句為假設法過去式，用 have + p.p.。

5. **A** *neither A nor B* 既不 A 也不 B，A 和 B 文法功能要相當，A 是過去式動詞，B 也是。

6. **A** *Before joining*, I had been thinking about it *for months*.
   在加入之前，這件事我已經考慮了好幾個月。
   表過去的過去，用過去完成式，而過去完成進行式的語氣則比過去完成式更強。

7. **B** interest「使感興趣」為情感動詞，人做主詞，後接過去分詞。*be interested in* 對～有興趣

8. **A** taste「吃起來；嘗起來」後接形容詞。

9. **A** This is ___*what* my father taught me___: always face difficulties.
   名詞子句
   這是我父親教我的：一定要面對困難。
   複合關代 what 引導名詞子句。which 是關代，前面需要先行詞。

10. **B** *To begin with*「首先；起初」爲獨立不定詞片語，修飾整句話。

11. **A** He passed away *after being bitten by the snake.*
他被蛇咬到後就過世了。
after *being bitten* by... 是 after *he was bitten* by... 的省略。

12. **B** The number *of students* has increased *by 20%.*
學生人數已經增加了百分之二十。介系詞 by 表示「相差」。

13. **A** 前句動詞用 is，後句也要用 is。

14. **B** 等了幾小時之後，小美變得不耐煩了。
Having waited... 爲分詞構句完成式，源自於 *After* she
had waited...。

15. **A** 這場意外致使有些人受傷，有些人失踪。
「受傷的」用 wounded，而「失踪的」要用 *missing*。

16. **B** 直到我們把這個修好了，我們才能使用。
until「直到」表「時間」，副詞子句要用現在式代替未來式。

17. **B** 克里斯不知道他的真命天女何時出現。
when 在此引導名詞子句，做 has no idea 的受詞，未來的
情況就用未來式。

18. **B** the police「警方」爲複數動詞，所以用 have。

19. **A** 形容「非人」要用 surprising「令人驚訝的」。

20. **A** 由受詞 me 後的原形動詞可知，空格爲使役動詞，用 made。
asked 接受詞後，要接不定詞。

TEST 4

選出一個<u>最正確</u>的答案。

1. Tom spoke fluently, _____ surprised me.
   A. which　　　　　B. such　　　　　【高知大】

2. A rescuer saved two tourists _____ trapped.
   A. who have been　　B. who had been　【北京高考】

3. _____ his brother, John didn't go.
   A. Unlike　　　　　B. Beside　　　　【高崎經濟大學】

4. There are many fans _____ for their idol.
   A. wait　　　　　　B. waiting　　　　【立人中學】

5. For a passport, you must have your photo _____.
   A. taken　　　　　B. being taken　　【天津高考】

6. Ed apologized for keeping his friends _____.
   A. waited　　　　　B. waiting　　　　【內湖高中】

7. She used _____ a carefree life in the countryside.
   A. to live　　　　　B. to living　　　【板橋高中】

8. He regrets _____ unable to help the guest.
   A. being　　　　　B. for being　　　【金城學院大】

9. Kate, _____ sister I shared a room with, has gone abroad.
   A. whom　　　　　B. whose　　　　　【天津高考】

10. You had better _____ your paper soon.
    A. finish   B. to finish   【板橋高中】

11. Lisa is not _____ to get a driver's license.
    A. old enough   B. enough old   【宮崎大學】

12. They might have found it if they _____ further.
    A. would drive   B. had driven   【北京高考】

13. In the airport I met a man _____ my cousin.
    A. resembling   B. resembled   【建國中學】

14. _____ what to say, Tracy remained silent.
    A. Not knowing   B. Not know   【高知大】

15. There was a girl _____ on the road.
    A. was walking   B. walking   【群馬大學】

16. Hurry up! I _____ waiting for two hours.
    A. have been   B. had been   【板橋高中】

17. When I visited her, she _____ as a volunteer.
    A. is working   B. was working   【北京高考】

18. Amber _____ hard for the test at 9 last night.
    A. was studying   B. studied   【中和高中】

19. The musician _____ ten performances so far.
    A. has given   B. have given   【江蘇高考】

20. She couldn't help _____ because of the sad news.
    A. to cry   B. crying   【大阪教育大】

TEST 4 詳解

1. **A** 湯姆說得很流利，這使我很驚訝。
   關代 which 代替前面整句話。

2. **B** A rescuer saved two tourists *who had been trapped*.
   救難人員解救了二名受困的遊客。
   過去的過去用過去完成式。

3. **A** unlike 做「不像」解，beside 表「在～旁邊」之意。

4. **B** 有很多粉絲在等待他們的偶像。
   「There is/are + 名詞」之後要用分詞。

5. **A** 要申請護照，你必須去拍照。
   使役動詞 have 後，受詞「照片」是「被拍」，被動用過去
   分詞。

6. **B** keep 接受詞後，接分詞做受詞補語，「等待」為主動，用
   現在分詞。

7. **A** 她過去在鄉下過著無憂無慮的生活。
   used to V 表「過去」。

8. **A** 他很遺憾無法幫助這位客人。
   表示「後悔、遺憾做某事」要接動名詞作受詞。

9. **B** Kate, *whose sister I shared a room with*, has gone abroad.
   凱特已經出國了，我和她的姊姊是室友。
   形容詞子句中主詞是「凱特的」姊姊，故關代用所有格。

10. **A** had better「最好」接原形動詞。

11. **A** enough 要放在所修飾的形容詞之後。

12. **B** They might have found it *if they had driven further.*
如果他們車子再開遠一點，他們可能就會發現了。
if 子句中是假設法過去式，用 had p.p.。

13. **A** In the airport I met a man *resembling my cousin.*
在機場，我遇見一個很像我表哥的人。
本句原為：a man *who resembled...*，省略關代 who，動詞則改成分詞，resemble 做「相像」解。

14. **A** 分詞構句的否定，Not 要放在分詞前。

15. **B** 「There + be 動詞 + 名詞」之後，動詞要用分詞，「走路」是主動，用現在分詞 walking。

16. **A** 由 Hurry up! 可知，句子的時間為「現在」，故空格應用現在完成式。

17. **B** 當我去看她時，她正在當義工。
表示過去某時正在進行的動作，用「過去進行式」。

18. **A** 安珀昨晚九點時正在用功讀書。

19. **A** The musician *has given* ten performances *so far.*
這位音樂家到目前為主，已經做了十場表演。
so far「到目前為止」和現在完成式連用。

20. **B** 因為這個傷心的消息，她忍不住哭了。
cannot help V-ing 忍不住（= *cannot but V*）

TEST 5

選出一個<u>最正確</u>的答案。

1. He always looks pale and sleepy. He _____ sick.
   A. maybe　　　　　　B. must be 【錦和高中】

2. _____ wins will be awarded a gold medal.
   A. Whomever　　　　B. Whoever 【天津高考】

3. I propose that meetings _____ to two hours.
   A. are shortened　　　B. be shortened 【宮崎大學】

4. Many kids, _____ Danny, liked the new teacher.
   A. including　　　　　B. included 【再興中學】

5. It will be months _____ he recovers.
   A. before　　　　　　B. while 【高崎經濟大學】

6. I wouldn't do that if I _____ you.
   A. am　　　　　　　　B. were 【基隆高中】

7. All things _____, she is a fair leader.
   A. considered　　　　B. consider 【鹿兒島大】

8. _____ she know she would marry him one day.
   A. Rarely　　　　　　B. Little did 【秋田縣大】

9. _____ you've completed this class, you won't graduate.
   A. Unless　　　　　　B. If 【大學入試中心】

10. I want to make an appointment _____ next Friday.
　　A. for　　　　　　B. at　　　　　　【北京高考】

11. The trash should _____ out. It smells!
　　A. take　　　　　　B. be taken　　　　【永春高中】

12. If I had taken his advice then, I _____ ill now.
　　A. would not be　　B. will not be　　【高師大附中】

13. On Christmas, families gather _____ a meal.
　　A. share　　　　　　B. to share　　　　【北京高考】

14. You have to go, but I _____.
　　A. don't　　　　　　B. am not　　　　【萬芳高中】

15. Though he is old, he has never considered _____.
　　A. to retire　　　　B. retiring　　　　【中和高中】

16. I should _____ that he was blind, but I didn't.
　　A. notice　　　　　B. have noticed　　【立人中學】

17. He looked _____ at me but said nothing.
　　A. angry　　　　　B. angrily　　　　【三重高中】

18. I'll explain _____.
　　A. the rules to you　B. the rules of you 【大阪教育大】

19. Mr. Smith sat _____ a newspaper on the sofa.
　　A. read　　　　　　B. reading　　　　【南湖高中】

20. Ed is _____ nice man that he always helps people.
　　A. so a　　　　　　B. such a　　　　【板橋高中】

TEST 5　詳解

1. **B** 他總是看起來很蒼白，又想睡覺，他一定是生病了。
   表示肯定的推測，助動詞用 must「一定」。maybe（可能）
   是副詞，應改成 may be（可能是）。

2. **B** ***Whoever*** *wins* will be awarded a gold medal.
   　　└─ 名詞子句 ─┘　　獲勝者將獲頒一面金牌。
   Whoever 相當於 Anyone who，為複合關代主格。

3. **B** 我提議會議被縮短至二小時。
   propose「提議」為慾望動詞，that 子句要用助動詞
   should，但通常省略，而用原形動詞。

4. **A** ***including*** Danny　包括丹尼（= Danny *included*）

5. **A** It will be months ***before*** *he recovers*.
   在他恢復之前，還要幾個月；他需要幾個月才能恢復。
   before 在此相當於 until the time that（直到）。

6. **B** 如果我是你，我就不會那麼做。
   if 子句為假設法現在式，be 動詞用 were。

7. **A** 考量一切之後，她是一位很公平的領導者。
   All things considered「考量一切之後」源自 *After* all
   things *are considered*。

8. **B** 她一點也不知道她有一天會嫁給她。
   little 做「一點也不」解，否定副詞 rarely「很少」和 little
   置於句首時，後面助動詞和主詞要倒裝。

9. **A** 除非你完成這個課程，否則你無法畢業。
   unless「除非」表示「否定的條件」（= *if…not*）。

10. **A** 表示「某時的約會」用 an appointment *for* 某時。

11. **B** 垃圾應該被拿出去倒了。好臭！依句意為被動。

12. **A** *If I had taken his advice then*, I would not be ill *now*.
如果我當時有聽他的勸告，我現在就不會生病了。
這句話裡 If 子句是假設法過去式，用 had p.p.，主要子句
則是假設法現在式，要用 would/could/should/might + 原
形動詞。

13. **B** 句中主要動詞是 gather，第二個動詞用不定詞連接，表
「目的」。

14. **A** *I don't* 是 I don't *have to go* 的省略。

15. **B** 雖然他年紀大了，但他從沒有考慮過退休。
consider「考慮」要接動名詞做受詞。

16. **B** 表示「過去應該而未做」用 should have p.p.。

17. **B** 句中 look at「看著」為及物動詞片語，要用副詞修飾。
looked angrily *at* me 生氣地看著我

18. **A** 「向某人說明某事」要用 explain sth. *to* sb.。

19. **B** 史密斯先生坐在沙發上看報紙。
sat 後面用分詞做主詞補語，「看」報紙是主動，用
reading，表示二個動作同時進行。

20. **B** Ed is such a nice man *that he always helps people*.
艾德是一個好人，他總是會幫助別人。
such ~ that 字句表示「如此 ~ 以致於…」，用於單數可數名
詞時，要用「*such a* + 形 + 名」或「*so* + 形 + *a* + 名」。

TEST 6

選出一個<u>最正確</u>的答案。

1. _____ bad it gets, the sun will always come out.
   A. No matter what　　B. No matter how　【板橋高中】

2. We are in a time _____ dreams can come true.
   A. what　　　　　　B. when　　　　　【江蘇高考】

3. This box is twice _____ that one.
   A. the bigger than　　B. as big as　　　【基隆高中】

4. Amy was not used _____ such a fast-paced life.
   A. to living　　　　　B. to live　　　　【板橋高中】

5. I had _____ to do with the accident.
   A. nothing　　　　　B. many　　　　　【大阪教育大】

6. It is nice _____ him to help his neighbor.
   A. of　　　　　　　B. for　　　　　　【大學入試中心】

7. Mike _____ to many Asian countries.
   A. has been　　　　　B. has gone　　　【中和高中】

8. Doctors advise that this drug _____ before meals.
   A. not be taken　　　B. not take　　　【建國中學】

9. _____ we don't stop climate change, the world
   will end.
   A. Although　　　　　B. If　　　　　　【北京高考】

10. When we arrived, the plane _____.
    A. had left　　　　　　B. has left　　　【西松高中】

11. The vacation _____ over, we returned to school.
    A. being　　　　　　　B. was　　　　　【再興中學】

12. I would rather set off next week _____ tomorrow.
    A. more　　　　　　　B. than　　　　　【秋田縣大】

13. _____ my arrival, I called him.
    A. At　　　　　　　　B. On　　　　　　【松山大】

14. This is the reason _____ I made the decision.
    A. how　　　　　　　B. why　　　　　【清水高中】

15. I wish I _____ in New York last year.
    A. had been　　　　　B. were　　　　　【萬芳高中】

16. Amy is the only student _____ passed the test.
    A. that　　　　　　　B. which　　　　【西松高中】

17. If I _____ you, I would not stay here anymore.
    A. were　　　　　　　B. am　　　　　　【南湖高中】

18. I wrote to Tim, _____ him for inviting me.
    A. thanked　　　　　B. thanking　　　【華江高中】

19. Having a true friend _____ a lot to me.
    A. means　　　　　　B. meaning　　　【麗山高中】

20. Try to avoid _____ the same mistake, will you?
    A. to make　　　　　B. making　　　　【三重高中】

TEST 6 詳解

1. **B** *No matter how* bad it gets, the sun will *always* come out.

無論情形多麼糟，太陽總是會出來的。

No matter how bad 等於 *However* bad，做「無論多麼」解，引導副詞子句。

2. **B** We are in a time *when* dreams can come true.

我們處於一個夢想可以成眞的時代。

關係副詞 when 引導形容詞子句，形容 time。

3. **B** 倍數比較的寫法：倍數 + $\left\{ \begin{array}{l} as \sim as \\ 比較級 \sim than \\ the + 名詞 + of \end{array} \right\}$ …

這個盒子是那個盒子的兩倍大。

4. **A** 艾咪不習慣過著步調這麼快的生活。*be used to V-ing* 習慣於

5. **A** *have nothing to do with* ~ 與 ~ 無關

6. **A** nice 是對後面的 him 表示稱讚，介系詞要用 of。

7. **A** 麥克曾經去過許多亞洲國家。*have been to* 表示「曾經去過 ~」，have gone to 則是「已經去到 ~」。

8. **A** 醫生建議，這種藥不該在餐前服用。

advise「建議」，爲慾望動詞，後面 that 子句原應爲 that this drug *should not be taken...*，should 通常省略。

9. **B** 如果我們不停止氣候改變，這個世界就會走到盡頭了。

If「如果」引導表「條件」的副詞子句。

10. **A** 過去的過去用「過去完成式」。

11. **A** *The vacation being over*, we returned to school.
假期結束之後，我們回到學校。
前後二句之間無連接詞，故用分詞，而前句主詞 The
vacation 與後句主詞 we 不同，要保留。

12. **B** 我寧願下週出發，也不要明天出發。
would rather ~ than … 寧願 ~ 而不願 …

13. **B** *On* my arrival, ... 我一到達，…【On 和 Upon 接 N/V-ing】
= Upon my arrival, ...
= As soon as I arrived, ... 【As soon as 接子句】

14. **B** 先行詞是 the reason，要用關係副詞 why。

15. **A** 我希望我去年在紐約。
I wish 之後，與過去事實相反，要用過去完成式。

16. **A** Amy is the only student *that* passed the test.
先行詞中有 the only，關代要用 that。

17. **A** 如果我是你，我再也不會待在這裡了。
本句是假設法現在式，If 子句中 be 動詞要用 were。

18. **B** 第二個動詞和第一個動詞 wrote 之間無連接詞，所以用分
詞。

19. **A** Having a true friend 為動名詞片語做主詞，為單數。

20. **B** avoid「避免」後面要接動名詞。

TEST 7

選出一個<u>最正確</u>的答案。

1. The only way to get here is _____ we arrived.
   A. where　　　　　B. how　　　　【江蘇高考】

2. Ann couldn't help but _____ on seeing the mouse.
   A. scream　　　　B. screaming　　【立人中學】

3. Jeff denied _____ the bicycle.
   A. to steal　　　　B. stealing　　【永春高中】

4. He was punished for _____ he did.
   A. what　　　　　B. that　　　　【清水高中】

5. He left early _____ catch the plane.
   A. in order that　　B. in order to　　【基隆高中】

6. Larry hasn't been to Japan, _____.
   A. Lily has, too　　B. nor has Lily　　【萬芳高中】

7. Weather _____, we will go for a picnic.
   A. permits　　　　B. permitting　　【南湖高中】

8. I don't like this one. Could you show me _____?
   A. another one　　B. other one　　【板橋高中】

9. After arriving in China, Mr. Smith quickly _____
   in love with the country.
   A. has fallen　　　B. fell　　　　【江蘇高考】

10. I saw the boy _____ by his dad.
    A. punish   B. punished   【清水高中】

11. We can either watch a movie or _____ shopping.
    A. to go   B. go   【秀峰高中】

12. _____ people ran out of the burning building.
    A. Frightened   B. Frightening   【南湖中學】

13. Everything is ready. _____ is needed is to be there.
    A. All   B. All that   【北一女中】

14. Jean walked on the street, _____ by a stranger.
    A. follow   B. followed   【建國中學】

15. They bike to work, _____ helps them stay healthy.
    A. which   B. that   【北京高考】

16. He found himself _____ in the busy traffic.
    A. catching   B. caught   【內湖高中】

17. When he returned home, he found his house _____.
    A. broken into   B. break into   【精誠中學】

18. On hearing the sad news, he _____ crazy.
    A. made   B. went   【中和高中】

19. The movie was very _____.
    A. interesting   B. interested   【高崎經濟大學】

20. He earns nearly _____ I do.
    A. as much as   B. as many as   【高知大】

TEST 7 詳解

1. **B**　The only way to get here is ___*how*___ *we arrived.*

　　　　　　　　　　　　　　　　　└──　名詞子句　──┘

　　到達此地的唯一方法就是我們到達的方法。關副 how 表「方法」，先行詞是 the way，但二者不能同時使用。

2. **A**　Ann couldn't help but <u>scream</u> *on seeing the mouse.*

　　安一看到老鼠，忍不住尖叫了。

　　cannot help but + V 忍不住 (= *cannot help + V-ing*)

3. **B**　deny「否認」後面接動名詞，表示「否認做過某事」。

4. **A**　複合關代 what 引導名詞子句，做 for 的受詞，what = the thing that。

5. **B**　He left *early* <u>*in order to*</u> *catch the plane.*

　　他提早出發，為了要趕飛機。

　　表「目的」用法：{ ***in order that*** + 子句
　　　　　　　　　 { ***in order to*** + V

6. **B**　否定的「也不」要用 nor，用於倒裝句。

7. **B**　***Weather permitting***「天氣許可的話」，源自於 *If the weather permits*，為獨立分詞構句。

8. **A**　表示「另一個」，沒有特別指明哪一個，用不定代名詞 another one。other one 應改為 the other one「兩者的（另一個）」才能選。

9. **B**　到中國之後，史密斯先生很快就愛上這個國家。
　　表示過去的情況用過去式。

10. **B** 我看到那個男孩被他爸爸處罰。
　　感官動詞接受詞後，受詞補語為被動，用過去分詞。

11. **B** *either A or B*「不是 A 就是 B」，連接二個文法功能相同的用法，前者是原形動詞，故後者也是。

12. **A** 害怕的人們從燃燒的建築物中跑出來。
　　frighten「使害怕」，形容人用過去分詞 frightened「害怕的」，形容「非人」用現在分詞 frightening「令人害怕的」。

13. **B** *All that is needed* is to be there.
　　先行詞是 All，關代用 that，形容詞子句中 that 是主格，不可省略。

14. **B** 第二個動詞和第一個動詞 walked 之間無連接詞，第二個動詞用分詞，表被動用過去分詞。

15. **A** 關代代替 bike to work「騎腳踏車上班」這件事，用 which。

16. **B** He found himself *caught in the busy traffic.*
　　他發現自己受困於繁忙的車陣中。
　　依句意為被動，用過去分詞。

17. **A** 當他回到家時，他發現他家被闖入了。
　　依句意，房子「被闖入」，用被動。

18. **B** *go crazy* 發瘋，go 在此做「變成」解。

19. **A** 形容「非人」用 interesting「有趣的」。

20. **A** *as much as*~　和~一樣多，much 在此代替 much money，為代名詞。

TEST 8

選出一個最正確的答案。

1. _____ no buses, we had to walk home.
   A. There being　　B. Being　　【建國中學】

2. They are trying to find the _____ child.
   A. missing　　B. missed　　【南湖中學】

3. The book is old. It is not _____ use to us.
   A. of　　B. for　　【北一女中】

4. Leo _____ a good job the other day.
   A. has done　　B. did　　【中和高中】

5. On hearing the news, he couldn't help _____.
   A. crying　　B. cry　　【內湖高中】

6. _____ in easy English, this book is very popular.
   A. Having written　　B. Written　　【大阪教育大】

7. _____ it rain, the game will be cancelled.
   A. Had　　B. Should　　【精誠中學】

8. The oil price _____ up since last week.
   A. has gone　　B. went　　【板橋高中】

9. Children _____ by bilingual parents often speak
   two languages.
   A. bringing up　　B. brought up　【大學入試中心】

10. The woman works _____ to raise her children.
    A. enough hard   B. hard enough   【板橋高中】

11. He gives us _____ homework than other teachers.
    A. less   B. few   【鹿兒島大】

12. We were all _____ after a ten-kilometer run.
    A. exhausted   B. exhausting   【群馬大學】

13. Without him, we wouldn't be _____ we are.
    A. what   B. how   【北京高考】

14. We should never leave the water _____.
    A. run   B. running   【中和高中】

15. Try hard to achieve your goal _____ you set it.
    A. unless   B. once   【內湖高中】

16. She gets paid more than _____.
    A. I am   B. I do   【宮崎大學】

17. We must discuss _____.
    A. of her problems   B. her problems   【鹿兒島大】

18. Ken _____ much traveling while in college.
    A. went   B. did   【精誠中學】

19. I will never forget the day _____ they bullied me.
    A. when   B. which   【立人中學】

20. We only have _____ time.
    A. little   B. a little   【高崎經濟大學】

TEST 8 詳解

1. **A** 因為沒有公車了，我們只得走路回家。

   There being no buses 源自 *As* there *were* no buses。

2. **A** 「失蹤的」小孩是 ***missing*** child，等於 ***lost*** child。

   missed 指「錯過的」。

3. **A** ***be of use*** 有用的 (= *be useful*)

   「of + 抽象名詞」相當於形容詞。

4. **B** the other day「前幾天」和過去式連用。

5. **A** 一聽到這個消息，他忍不住哭了。

   cannot help V-ing 忍不住～ (= *cannot but V*)

6. **B** 這本書因為是用簡易英文寫的，所以非常受歡迎。

   Written in easy English 源自於 *Because it is* written in easy English。

7. **B** ***Should*** it rain 等於 *If* it *should* rain，should 表「萬一」。

8. **A** 自從上週起，油價已經上漲了。

   since 和完成式連用。

9. **B** Children (***who are***) <u>brought up</u> by bilingual parents often speak two languages.

   由雙語的父母撫養長大的小孩通常也會雙語。

   bring up 養育

10. **B** enough 應放在所修飾的副詞後面。

11. **A** 他給我們的回家功課比其他老師少。
homework 爲不可數名詞，比較級用 less。

12. **A** 跑完十公里之後，我們都累壞了。
exhaust「使筋疲力盡」是情感動詞，過去分詞當形容詞，修飾「人」。

13. **A** 沒有他，我們就不會成爲現在的我們。
複合關代 what 引導名詞子句，在 be 動詞後做主詞補語。
what we are「我們現在的樣子；現在的我們」爲 what 的慣用語。

14. **B** leave the water ***running*** 讓水一直流

15. **B** 一旦你設定目標，就要努力去達成。
once 表「一旦」。

16. **B** 她的薪水比我多。
I do 等於 I ***get paid***。

17. **B** discuss 在此是及物動詞。

18. **B** 阿肯在大學時經常去旅行。
do much traveling 經常旅行
= *go traveling very often*

19. **A** I will never forget the day ***when*** *they bullied me.*
我永遠無法忘記他們霸凌我的那一天。
when 引導形容詞子句，修飾 day。

20. **B** a little 一點，little 是「很少；沒有什麼」，有否定意味。

TEST 9

選出一個<u>最正確</u>的答案。

1. He is known _____ one of the greatest scientists.
   A. as   B. for   【北一女中】

2. Taiwan is known _____ its snacks.
   A. as   B. for   【秀峰高中】

3. I _____ she will become an actress.
   A. hope   B. wish   【大學入試中心】

4. Time and tide _____ for no man.
   A. have waited   B. wait   【中和高中】

5. It's necessary that he _____ to the hospital.
   A. go   B. goes   【宮崎大學】

6. Jason saves _____ he earns.
   A. that   B. what   【大華高中】

7. I should _____ the truth at that time.
   A. tell   B. have told   【錦和高中】

8. _____ many hours of practice, the team lost.
   A. In time for   B. In spite of   【鹿兒島大】

9. _____ more careful, we would not have made mistakes.
   A. Had we been   B. If we been   【立人中學】

10. She looked _____.
    A. angry   B. angrily   【景美女中】

11. It was unusual _____ that very little snow fell.
    A. in   B. on   【大學入試中心】

12. The designer uses _____ colors in his works.
    A. eye-catching   B. eye-caught   【台中一中】

13. It goes _____ saying that pronunciation is important.
    A. without   B. with   【高知大】

14. Don't leave your work half _____.
    A. do   B. done   【大華高中】

15. If I _____, I would never have done that.
    A. have known   B. had known   【秋田縣大】

16. My parents gave _____ as a birthday gift.
    A. a bike for me B. me a bike   【錦和高中】

17. Janet wrote out her speech, _____ she forgot it.
    A. in case   B. for fear of   【立人中學】

18. Judy _____ abroad for further studies next month.
    A. is going   B. went   【中和高中】

19. He has not been getting enough sleep _____.
    A. late   B. lately   【大阪教育大】

20. I wonder how animals _____ their days in the zoo.
    A. spends   B. spend   【景美女中】

TEST 9　詳解

1. **A**　他以最偉大的科學家之一而著稱。
   be known as + 身分　以～身分有名
   = *be famous as*

2. **B**　台灣以小吃聞名。
   be known for　以～特色有名
   = *be famous for*

3. **A**　I <u>hope</u> she <u>will</u> becom an actress.
   【比較】I <u>wish</u> she <u>would</u> become an actress.
   〔wish 後接假設法，表示不可能實現的願望，助動詞用 would 未來〕

4. **B**　【諺】歲月不待人。諺語用現在式。and 連接 time 和 tide 兩個同義字，表加強語氣，看起來像單數，其實是複數。

5. **A**　It is necessary that he (*should*) <u>go</u> to the hospital.
   that 子句表「應該」時，should 通常省略。

6. **B**　Jason saves ***what*** *he earns.*　傑森把他賺的錢存起來。
   What he earns 是名詞子句，做 saves 的受詞。前空後空用 what。

7. **B**　should have p.p. 表示「過去該做而未做」。

8. **B**　儘管練習了許多小時，這支隊伍還是輸了。
   in spite of　儘管，爲介系詞用法，後接名詞。

9. **A**　如果我們更小心一點，我們就不會犯錯了。
   Have we been more careful 源自於 *If we had been* more careful，爲與「過去事實相反」的假設語氣。

10. **A** look「看起來」接形容詞。

11. **A** It was unusual ***in that*** *very little snow fell.*
雪下得很少，很不尋常。
in that 因為（＝*because*）

12. **A** 這位設計師在他的作品中使用引人注目的顏色。
eye-catching 吸引目光的；引人注目的

13. **A** ***It goes without saying that...*** 不用說

14. **B** Don't leave your work *half done.* 工作不要做一半。
leave＋受詞＋過去分詞，表「被動」。

15. **B** If子句是假設法的過去式，用過去完成式。

16. **B** give 是授與動詞，直接接兩個受詞 gave me a bike，也可
改成：gave a bike *to* me。

17. **A** 珍娜把她的演講寫出來，以免她忘掉了。
in case＋子句，做「以免；以防」解（＝*for fear that*）。

18. **A** 茱蒂下個月將要出國留學。
來去動詞可用現在進行式代替未來式。
go abroad for further studies 出國留學

19. **B** 他最近睡眠不太夠。
lately 做「最近」解，和現在完成（進行）式連用。

20. **B** 我很想知道動物在動物園裡如何度日。
現在的狀態用現在式，animals 後要用複數動詞。

TEST 10

選出一個<u>最正確</u>的答案。

1. They couldn't but _____ on seeing their idol.
   A. screaming　　　　B. scream　　　【北一女中】

2. The accident is now _____ no threat to Taiwan.
   A. for　　　　　　　B. of　　　　　【台中一中】

3. Please try to find me _____ at the airport.
   A. on arrived　　　　B. on arriving　【大阪教育大】

4. After a fight, we _____ for a long time.
   A. haven't talked　　B. don't talk　　【景美女中】

5. Shhh! Grandma _____ a nap.
   A. is taking　　　　B. takes　　　　【高師大附中】

6. The medicine tastes _____.
   A. horrible　　　　B. like horrible　【錦和高中】

7. I didn't hear the car accident that _____ at 2 a.m.
   A. was happened　　B. happened　　【大學入試中心】

8. The small kids _____ sleep alone.
   A. daren't　　　　　B. doesn't dare　【中和高中】

9. My washer _____, so I'm washing clothes by
   hand.
   A. is being repaired　B. is repaired　　【天津高考】

10. It _____ time and effort to master a language.
    A. takes   B. spends   【台中一中】

11. I'll _____ the book by tomorrow.
    A. have finished B. be finished   【秋田縣大】

12. I find the TV program quite _____.
    A. boring   B. bored   【大華高中】

13. I always walk along the beach, _____ the view.
    A. with enjoy   B. enjoying   【大學入試中心】

14. You will get sick _____ you change your diet.
    A. though   B. unless   【景美女中】

15. That school is _____ ranked as one of the top ones.
    A. consistently   B. consistent   【鹿兒島大】

16. Fiona as well as her sisters _____ of pop music.
    A. is fond   B. are fond   【高師大附中】

17. She takes _____ her mother in that she likes sports.
    A. after   B. before   【高知大】

18. We have to save the world _____ destroyed.
    A. from   B. from being   【秀峰高中】

19. I believe _____ you're saying.
    A. how   B. what   【宮崎大學】

20. It must _____ last night.
    A. rain   B. have rained   【中和高中】

TEST 10　詳解

1. **B**　一看到他們的偶像，他們忍不住尖叫。
　　⎧ ***cannot but*** + 原形動詞　忍不住
　　⎨ = cannot help but + 原形動詞
　　⎩ = cannot help + V-ing

2. **B**　這個意外現在對台灣沒有威脅了。
　　「of + 抽象名詞」相當於形容詞。

3. **B**　你一到達機場就想辦法找我。on + V-ing 表示「一～時」。

4. **A**　吵完架後，我們很久都不講話了。
　　for a long time 和完成式連用。

5. **A**　噓！奶奶正在睡午覺。依句意要現在進行式。

6. **A**　taste「吃起來；嘗起來」後面要接形容詞，如果有 like，要
　　接名詞，taste like 做「吃起來像～」解。

7. **B**　I didn't hear the car accident ***that*** <u>happened at</u> *2 a.m.*
　　凌晨二點發生的那場車禍我沒有聽見。
　　happen「發生」為不及物動詞，沒有被動。

8. **A**　這些小孩子不敢一個人睡覺。
　　dare「敢」，做助動詞時，否定用 ***daren't*** + 原形動詞，若
　　做一般動詞，否定要用 don't dare ***to V***。

9. **A**　My washer <u>is being repaired</u>, *so I'm washing clothes by*
　　hand.　我的洗衣機正在修理，所以我要用手洗衣服。
　　表示「正在被修理」，is being repaired 為現在進行式被動。

10. **A** 精通一種語言需要時間和努力。
   表示事物「需要；花費」時間，動詞用 take。

11. **A** 在明天之前，我將已經看完這本書。
   表示未來某時將已經完成的動作，用「未來完成式」。

12. **A** 空格為受詞補語，形容受詞，「非人」用 boring「無聊的」。

13. **B** 我總是會沿著沙灘走，欣賞風景。
   二個動詞之間沒有連接詞，第二個動詞用分詞。

14. **B** You will get sick ***unless*** *you change your diet.*
   除非你改變你的飲食，否則你會生病。
   unless「除非」表「否定條件」(= *if…not*)。

15. **A** 那所學校一直都名列前幾名的學校。
   整個句子已經是完整句，填入空格只是修飾用，用副詞，
   consistently 做「一貫地；一直」解。

16. **A** "A *as well as* B" 做主詞時，動詞與 A 一致。
   對等連接詞連接兩個主詞時，動詞與重點主詞一致，沒有重
   點就和接近的主詞一致。【詳見「文法寶典」p.400】

17. **A** She takes <u>after</u> her mother *in that she likes sports.*
   她喜歡體育，這一點和她媽媽很像。
   take after 相像　　***in that*** 在這一點；因為 (= *because*)

18. **B** *save* the world *from* being destroyed　拯救世界免於被毀
   滅，from 之後動名詞為被動，用 being p.p.。

19. **B** 複合關代 what 引導名詞子句，做 believe 的受詞。

20. **B** must 做「一定」解，表「對過去肯定的推測」，用 must
   have p.p.。

TEST 11

選出一個<u>最正確</u>的答案。

1. The government warns people _____ the typhoon.
   A. of　　　　　　　B. from　　　　　【北一女中】

2. Jack started the work last week but still _____ it.
   A. hadn't finished　　B. hasn't finished 【高師大附中】

3. She is _____ a new job.
   A. seeking　　　　　B. asking　　　　【鹿兒島大】

4. The man threw a stone _____ the dog.
   A. at　　　　　　　B. on　　　　　　【大華高中】

5. She seems _____ here for quite a long time.
   A. to have lived　　　B. that she lives　【景美女中】

6. This is exactly _____ I want.
   A. what　　　　　　B. which　　　　【大阪教育大】

7. Jack found all of his money _____.
   A. stealing　　　　　B. stolen　　　　【錦和高中】

8. You should work as hard as your father _____.
   A. does　　　　　　B. do　　　　　　【中和高中】

9. Some haven't recovered from the disaster _____
   they experienced.
   A. when　　　　　　B. which　　　　【宮崎大學】

10. His computer is still _____ repair.
   A. under   B. in   【台中一中】

11. We have _____ freshmen in our club this year.
   A. fewer   B. less   【秋田縣大】

12. Camels can _____ carry goods.
   A. be used to   B. used to   【中和高中】

13. There was nothing to do _____ go to bed.
   A. but   B. for   【高知大】

14. Make an effort _____ your goal.
   A. to achieve   B. achieving   【大華高中】

15. Mt. Fuji stands impressively _____ the blue sky.
   A. against   B. among   【大學入試中心】

16. It has never _____ to Jack that she might return.
   A. occurred   B. hit   【景美女中】

17. How about having dinner together _____?
   A. sometime   B. some time   【中和高中】

18. It is becoming a problem _____ great importance.
   A. of   B. in   【大阪教育大】

19. It _____ nearly three years since the tsunami hit.
   A. has been   B. was   【高師大附中】

20. Work hard, and your dream will _____ true.
   A. turn   B. come   【錦和高中】

TEST 11　詳解

1. **A** *warn sb. of sth.* 警告某人某事

2. **B** 現在仍然「尚未完成」，用「現在完成式」的否定 *hasn't finished*。

3. **A** *seek* a new job　找新的工作　　　seek〔sik〕*v.* 尋找

4. **A** throw a stone *at*　對⋯丟石頭，at 表「朝著；對（準）」。

5. **A** 她似乎在這裡已經住了很長一段時間了。
   seem to V. 似乎，「for + 一段時間」與「完成式」連用。
   若要用 that 子句，則要用虛主詞 It，寫成：
   It seems that she has lived here for quite a long time.

6. **A** *what* I want　我想要的東西（= *the thing that I want*）

7. **B** 「find + 受詞 + 補語」，用過去分詞表「被動」。

8. **A** 用 *does* 代替動詞 works。

9. **B** Some haven't recovered from the disaster *which* they
   experienced.
   有些人還沒有從他們所經歷的災難中恢復。
   代替先行詞 the disaster（災難），關代用 *which*。

10. **A** *under repair* 修理中

11. **A** 用 fewer（較少的）修飾複數可數名詞 freshmen（新鮮人）。
    less 修飾不可數名詞。

12. **A** 駱駝可以被用來運送貨物。

    { *be used to V.* 被用來
       used to V. 以前

    camel〔ˋkæml〕*n.* 駱駝   goods〔gʊdz〕*n., pl.* 商品；貨物

13. **A** but 在此作「除了」解。

    There was nothing to do but V. 除了…以外，沒事可做

14. **A** *make an effort to V.* 努力…   achieve〔əˋtʃiv〕*v.* 達成

15. **A** 富士山在藍天的襯托之下令人印象深刻。

    表「以…為背景；在…襯托之下」，用 against。

    Mt.〔maʊnt〕…山   stand〔stænd〕*v.* 矗立

    impressively〔ɪmˋprɛsɪvlɪ〕*adv.* 令人印象深刻地

16. **A** 傑克從來沒想到她可能會回來。

    { 事 *occur to* 人 某人想到某事
       = 事 hit 人
       = 人 hit upon 事

17. **A** 找個時間一起吃晚餐如何？

    sometime *adv.* 某時   some time 一些時間

18. **A** of + 抽象名詞 = 形容詞

    of importance = important 重要的

    a problem *of* great importance 非常重要的問題

    = a very important problem

19. **A** since + 過去式，主要子句用現在完成式。

    tsunami〔tsuˋnɑmɪ〕*n.* 海嘯   hit〔hɪt〕*v.* 侵襲【hit-hit-hit】

20. **B** *come true* 成真；實現，come 做「變成」解。

TEST 12

選出一個<u>最正確</u>的答案。

1. He has trouble making himself _____ in English.
   A. understanding　　B. understood　　【景美女中】

2. Being selfish, Sunny has _____ friends.
   A. few　　　　　　B. little　　　　【中和高中】

3. Where can I have my watch _____?
   A. fixing　　　　　B. fixed　　　　【秋田縣大】

4. After the rain _____, I'll take the garbage out.
   A. stops　　　　　B. will stop　　【高師大附中】

5. At the door _____ a policeman.
   A. has　　　　　　B. stands　　　　【大華高中】

6. Learn a piece of poetry _____ heart.
   A. in　　　　　　B. by　　　　　　【高知大】

7. My bike is broken. I must have it _____ at once.
   A. be repaired　　B. repaired　　【錦和高中】

8. The writer has been working _____.
   A. hard　　　　　B. hardly　　　　【宮崎大學】

9. The Internet has become so powerful _____ all people can access almost anything.
   A. that　　　　　B. but　　　　　【大學入試中心】

10. Anyone who comes without _____ is unwelcome.
    A. being invited   B. inviting   【北一女中】

11. She never watches romance movies _____.
    A. instead of crying   B. without crying 【景美女中】

12. _____ of the merchandise may be bought online.
    A. Much   B. Many   【鹿兒島大】

13. Those cell phones vary _____ color and size.
    A. from   B. in   【台中一中】

14. The streets are dry. It _____ rained.
    A. hadn't   B. can't have   【宮崎大學】

15. This is the best poem _____ I have ever read.
    A. what   B. that   【大華高中】

16. Mrs. White is known _____ everyone in this town.
    A. to   B. for   【秋田縣大】

17. Jill _____ the comb on the table five minutes ago.
    A. lay   B. laid   【高師大附中】

18. He asked me to look _____ his writing.
    A. over   B. on   【鹿兒島大】

19. Bill Gates is _____ richest person in the world.
    A. by far the   B. very the   【中和高中】

20. _____ he speaks English fluently surprised us!
    A. That the fact   B. The fact that 【大阪教育大】

TEST 12 詳解

1. **B** make（使）為「使役動詞」。
   「使役動詞＋受詞＋過去分詞」表「被動」。
   make oneself understood 使自己被人了解

2. **A** *few*（很少的）修飾可數名詞 friends；little 修飾不可數名
   詞。　　　selfish〔'sɛlfɪʃ〕*adj.* 自私的

3. **B** have（使）為「使役動詞」。
   「使役動詞＋受詞＋過去分詞」表「被動」。
   fix〔fɪks〕*v.* 修理

4. **A** 表「時間」的副詞子句，須用現在式代替未來式。

5. **B** 表地點的副詞片語放句首，句子倒裝以加強語氣。
   At the door *stands* a policeman.
   ＝ A policeman stands at the door.

6. **B** *learn⋯by heart* 默記；背誦
   a piece of poetry 一首詩（＝ *a poem*）

7. **B** have（使）為使役動詞，接受詞後，接過去分詞表「被
   動」。　　　repair〔rɪ'pɛr〕*v.* 修理

8. **A** *work hard* 努力工作　　hardly *adv.* 幾乎不

9. **A** *so⋯that* 如此⋯以致於　　access〔'æksɛs〕*v.* 存取（資料）

10. **A** 任何人沒有被邀請就前來，都是不受歡迎的。
    未「被邀請」，用被動 *being invited*。

11. **B** *never⋯without* 沒有⋯不；每次⋯必定，為雙重否定。

12. **A** merchandise (ˈmɝtʃənˌdaɪz) *n.* 商品，為不可數名詞，故代名詞用 *Much*。

13. **B** *vary in* 在…方面不同

14. **B** 　⎰ can V. 可能…
　　⎱ can't V. 不可能…
　　It *can't have* rained. (不可能下過雨。)

15. **B** 先行詞前有最高級，關代用 *that*。

16. **A** 　⎰ *be known to* + 人　被…所知
　　⎱ be known for + 特點　以…有名

17. **B** 「放」在桌上，動詞用 lay，過去式用 *laid*。
　　lie-lied-lied　*v.* 說謊
　　lay-laid-laid；下 (蛋)；放置
　　【背不下來，可先背 pay-paid-paid 】　　comb (kom) *n.* 梳子

18. **A** *look over*　大致過目；翻閱
　　look on　旁觀；觀看
　　writing (ˈraɪtɪŋ) *n.* 著作；作品

19. **A** the very
　　much the
　　by far the　⎱ + 最高級
　　far and away the

20. **B** <u>The fact *that* he speaks English fluently</u> surprised us!
　　　　　　　　同位語
　　that 引導名詞子句，做 The fact 的同位語。
　　fluently (ˈfluəntlɪ) *adv.* 流利地

TEST 13

選出一個<u>最正確</u>的答案。

1. The temple _____ next to a park.
   　A. locates　　　　　B. sits　　　　　【建國中學】

2. I, rather than they, _____ to Europe next year.
   　A. are traveling　　　B. am traveling　【北一女中】

3. When she made it, she was _____ herself with joy.
   　A. between　　　　　B. beside　　　　【秋田縣大】

4. _____ he was ill, he still went to school.
   　A. Even though　　　B. As if　　　　【台中一中】

5. Liz said goodbye to her family, _____ her hand.
   　A. to wave　　　　　B. waving　　　　【大華高中】

6. _____ did you say the best solution was?
   　A. How　　　　　　B. What　　　【大學入試中心】

7. As the proverb _____, "Health is wealth."
   　A. is going　　　　　B. goes　　　　【高師大附中】

8. He _____ from depression for years before he died.
   　A. been suffered　　　B. had suffered　【景美女中】

9. While the presentation _____, a crew was recording.
   　A. was being made　　B. has been made　【玉川大】

10. People use smartphones _____ the convenience.
    A. to enjoy   B. enjoy   【江蘇高考】

11. How difficult it is _____ make any changes.
    A. no to   B. not to   【大阪教育大】

12. Remember _____ some salt to the soup.
    A. to add   B. add   【善化高中】

13. It was _____ that I met Jerry for the first time.
    A. at Lisa's party   B. Lisa's party   【基隆高中】

14. Many regard Mt. Fuji as Japan's _____ landmark.
    A. the most famous   B. most famous   【鹿兒島大】

15. The poor kid didn't know who _____.
    A. to count on   B. to count   【秀峰高中】

16. No theory is _____ value unless it works.
    A. of   B. for   【高知大】

17. Here are two gold coins, _____ belongs to Ryan.
    A. one of which   B. one of them   【左營高中】

18. _____ been for your help, I couldn't have done it.
    A. Had it not   B. It had not   【大阪教育大】

19. With so much work, I feel lost about _____ first.
    A. how to do   B. what to do   【錦和高中】

20. All you need to do is _____ a hot bath.
    A. take   B. taking   【基隆女中】

TEST 13 詳解

1. **B**
  - *sit* 位於【用主動】
  - = stand
  - = be located【用被動】
  - = be situated

2. **B** rather than they（而不是他們）是插入語，可省略。
  主詞是 I，be 動詞用 *am*。

3. **B** *beside oneself with joy* 欣喜若狂

4. **A** *even though* 即使；儘管　　as if 就好像

5. **B** 兩動詞之間無連接詞，第二個動詞要改成現在分詞。
  wave〔wev〕*v.* 揮動

6. **B** *What* did you say <u>the best solution was</u>?
  最好的解決之道是「什麼」，用 *What*。
  What 引導疑問句做 was 後的補語。

7. **B** As the proverb
  - *says,...* 正如諺語所說的，…
  - *goes,...*

8. **B** 比過去某時更早發生的動作，用「過去完成式」。
  suffer from 罹患　　depression〔dɪˈprɛʃən〕*n.* 憂鬱症

9. **A** While 可連接同時進行的兩個動作，兩個動作都用過去進行式。依句意，發表會「被舉行」要用被動，過去進行式被動寫成：*was being made*。

10. **A** *use sth. to V.* 用某物去…
  smartphone〔ˈsmɑrtˌfon〕*n.* 智慧型手機

11. **B** *not* to make any changes　不要做任何的改變
　　 否定詞 not 須置於不定詞前面。

12. **A** *remember to V*.　記得要去…（動作未完成）
　　 remember V-ing　記得做過…（動作已完成）

13. **A** 修飾動詞 meets，須用副詞片語 *at Lisa's party*（在麗莎的
　　 派對上）。　　　 *for the first time*　生平第一次

14. **B** 所有格（Japan's）不可與定冠詞 the 連用。
　　 regard A as B　認為 A 是 B
　　 landmark〔'lænd,mɑrk〕n. 地標

15. **A** 不知道要「依賴」誰，who *to count on*。
　　 count on　依賴　　 count〔kaʊnt〕v. 數

16. **A** of + 抽象名詞 = 形容詞
　　 of value = valuable（有價值的；珍貴的）
　　 theory〔'θiərɪ〕n. 理論　　 work〔wɜk〕v. 有效；有用

17. **A** 關代 which 才有連接詞的作用，普通代名詞 them 沒有。

18. **A** 由 couldn't have done 可知，為「與過去事實相反的假
　　 設」，須用「過去完成式」。*If it had not* been for your
　　 help（如果沒有你的幫助），可省略 If，並將助動詞 had 移至
　　 主詞前倒裝，變成：*Had it not* been for your help。

19. **B** *what to do*　怎麼辦，how to do 需加受詞 it。
　　 lost〔lɔst〕adj. 迷惑的

20. **A** *all ones need to do is + V*.　某人所必須做的就是…
　　 take a hot bath　洗個熱水澡

TEST　14

選出一個<u>最正確</u>的答案。

1. The machine broke down _____ annoyed him.
   A. , that　　　　　　B. , which　　　【建國中學】

2. When we had dinner, Ben insisted _____ the bill.
   A. to pay　　　　　　B. on paying　　【北一女中】

3. He said his team _____ win and they actually did.
   A. will　　　　　　　B. would　　　【大學入試中心】

4. _____ I a teacher, I wouldn't give so many tests.
   A. Were　　　　　　B. If　　　　　【台中一中】

5. Avoid _____ any unknown junk e-mails.
   A. opening　　　　　B. to open　　　【秀峰高中】

6. _____ the heavy rain, he came to my house.
   A. Instead of　　　　B. In spite of　　【秋田縣大】

7. _____ all his wealth, I wouldn't like to be him.
   A. For　　　　　　　B. In　　　　　【松山大】

8. He wandered around, with his face _____ a cloth.
   A. was covered in　　B. covered in　　【惠文高中】

9. I found the scared boy _____ himself under the bed.
   A. hiding　　　　　　B. hidden　　　【鳳新高中】

10. I ran into my teacher whom I _____ for a long time.
    A. hadn't seen　　　　B. didn't see　【高師大附中】

11. Let me know the exact time _____ you will come.
    A. at which　　　　　B. which　　　【善化高中】

12. When choosing friends, we _____ be too careful.
    A. cannot　　　　　　B. will not　　【錦和高中】

13. When _____ at night, the lights are beautiful.
    A. seeing　　　　　　B. seen　　　【宮崎大學】

14. _____ what to do, she began to cry.
    A. Knowing not　　　B. Not knowing　【基隆女中】

15. Since he is an adult, his toys are _____ anymore.
    A. of no use　　　　B. of use　　　【台東高中】

16. It was Laura _____ lied to her parents.
    A. , who　　　　　　B. that　　　　【左營高中】

17. It's a dream _____ true.
    A. come　　　　　　B. came　　　　【高知大】

18. A grapefruit is almost twice _____ a lemon.
    A. the bigger　　　　B. as big as　　【基隆高中】

19. I heard him _____ in the shower.
    A. sang　　　　　　B. singing　　　【大華高中】

20. _____ the rain, the outing will be cancelled.
    A. If　　　　　　　B. Due to　　　【鹿兒島大】

TEST 14　詳解

1. **B** 機器故障了，這件事使他很生氣。
   關代 that 前面不能有逗點。*which* 代替前面一整句話。

2. **B** *insist on V-ing* 堅持

3. **B** 他說他的隊伍會獲勝，他們真正獲勝了。
   過去的未來，用 *would*。

4. **A** *Were I* a teacher　如果我是老師
   = *If I were* a teacher

5. **A** *avoid + V-ing* 避免…　　*junk e-mail* 垃圾郵件

6. **B** *in spite of* 儘管　　instead of 而不是

7. **A** 儘管他那麼有錢，我也不想成為他。
   for all 儘管　　in all 總計；共計

8. **B** with 表「附帶狀態」，接受詞後，接過去分詞，表「被動」。
   cloth〔klɔθ〕*n.* 布　　*wander around* 四處徘徊

9. **A** find + O. + $\begin{cases} \text{V-ing} & (\text{表「主動」}) \\ \text{p.p.} & (\text{表「被動」}) \end{cases}$
   依句意為主動，用 *hiding* himself（隱藏他自己）。

10. **A** 「for + 一段時間」表「持續…」，與完成式連用。
    比過去的動作早發生，用「過去完成式」。
    run into 偶然遇到

11. **A** 表「時間」，關係副詞用 when 或 *at which*。

12. **A** 選擇朋友時，再怎麼小心也不爲過。
cannot be too 再怎麼…也不爲過

13. **B** When *the lights were seen* at night, the lights....
→When *seen* at night, the lights....
副詞子句中，句意很明顯，主詞和 be 動詞可同時省略。

14. **B** *Not knowing* what to do（因爲不知道該怎麼辦）是分詞構句，表「原因」（= *Because she didn't know what to do* ）。

15. **A** *of no use* = useless（沒有用的）
of use = useful（有用的）

16. **B** 本句爲「強調句型」：
It is/was + 強調部份 + *that* + 其餘部份

17. **A** It's a dream *come* true.（這是夢想成眞。）
a dream come true（夢想成眞）是慣用語。

18. **B** 葡萄柚幾乎是檸檬的兩倍大。
$\left\{\begin{array}{l} \textbf{\textit{twice as big as}}\ \text{是…的兩倍大} \\ = \text{twice the size of} \\ = \text{twice bigger than} \end{array}\right.$

19. **B** hear 爲感官動詞。
感官動詞 + 受詞 + $\left\{\begin{array}{l} \text{V. 表「主動」} \\ \text{V-ing 表「主動進行」} \\ \text{p.p. 表「被動」} \end{array}\right.$
shower〔'ʃauɚ〕*n.* 淋浴

20. **B** If + 子句，在此用法不合。
Due to + 名詞，因爲 due to（由於）是介系詞片語。
outing〔'autɪŋ〕*n.* 郊遊；遠足：野餐

TEST 15

選出一個<u>最正確</u>的答案。

1. You are _____ you eat.
   A. which　　　　　　B. what　　　　【建國中學】

2. He wishes he _____ fluent French.
   A. could speak　　　B. can speak　　【台中一中】

3. A great actor can really get people _____.
   A. excited　　　　　B. exciting　　　【宮崎大學】

4. The prices _____ on the rise for the last decade.
   A. have been　　　　B. were　　　　【高師大附中】

5. It's the toughest decision _____ I've ever made.
   A. X　　　　　　　　B. , which　　　【秀峰高中】

6. It was not _____ midnight that the last guest left.
   A. until　　　　　　B. up to　　　　【秋田縣大】

7. They try to find a solution _____ the problem.
   A. to　　　　　　　B. for　　　　　【景美女中】

8. The broken window needs _____.
   A. to be repaired　　B. to repair　　【大華高中】

9. The harder you practice, _____ you will have.
   A. the more opportunities
   B. more opportunities　　　　　　　【大阪教育大】

10. When asked if he had been prepared, he _____.
    A. laid　　　　　　　B. lied　　　　【北一女中】

11. They were _____ to hear the sad news.
    A. heart-breaking　　B. heart-broken　【錦和高中】

12. Not only the story but also the photos _____ reported.
    A. was　　　　　　　B. were　　　　【立人中學】

13. The man earns _____ money than he spends.
    A. less　　　　　　　B. fewer　　　　【善化高中】

14. Scott _____ his computer stolen.
    A. had　　　　　　　B. caused　　　【大學入試中心】

15. I visited Tokyo Tower _____ is famous in Japan.
    A. , which　　　　　B. where　　　【左營高中】

16. It was _____ who talked to Jason.
    A. I　　　　　　　　B. me　　　　　【徐匯高中】

17. The more you help others, _____ you will feel.
    A. the happier　　　B. more happy　【基隆高中】

18. Many died in the quake, and more were left _____.
    A. homeless　　　　B. homelessly　【惠文高中】

19. My car runs as fast as _____.
    A. Mike　　　　　　B. Mike's　　　【薇閣中學】

20. The government official _____ in the scandal.
    A. was involved　　B. involved　　【板橋高中】

TEST 15 詳解

1. **B** You are *what* you eat. (你吃什麼，就長得怎麼樣。)
是慣用語。what = the thing that

2. **A** wish 和假設法連用，與現在事實相反，用過去式 *could speak*。　fluent〔'fluənt〕*adj.* 流利的

3. **A** *get sb. excited* 使某人感到興奮
exciting (令人興奮的；刺激的) 修飾事物。

4. **A** 物價在過去十年來一直在上漲。
「for + 一段時間」表「持續 (多久)」，與完成式連用。
prices〔'praɪsɪz〕*n. pl.* 物價　　*on the rise* 上漲中
decade〔'dɛked〕*n.* 十年

5. **A** 這是我所做過最困難的決定。
先行詞前有最高級，關代用 that，如在子句中做受詞，可省
略。　　tough〔tʌf〕*adj.* 困難的

6. **A** *It is/was not until…that* 直到…才
up to　多達；高達

7. **A** solution〔sə'luʃən〕*n.* 解決之道
a solution to …的解決之道

8. **A** needs *to be repaired* 需要被修理
= needs repairing

9. **A** 「the + 比較級，the + 比較級」表「越…就越～」。

10. **B** lie-*lied*-lied *v.* 說謊
lay-laid-laid *v.* 下 (蛋)；放置

11. **B** heart-breaking *adj.* 令人心碎的【形容非人】
heart-broken *adj.* 心碎的；極悲痛的【形容人】

12. **B** *not only A but also B* + V_B，動詞與 B 一致。

13. **A** *less* 修飾不可數名詞 money。
fewer 修飾可數名詞。

14. **A** 「have + 受詞 + 過去分詞」表「被動的無奈狀態」。
cause（使）是一般動詞，接受詞後，須接不定詞。

15. **A** 我去了東京鐵塔，它在日本非常有名。
關代 *which* 有代名作用，關係副詞 where 無代名作用。

16. **A** 本句為強調句型：It is/was + 強調部份 + that + 其餘部份，
在此強調 I，而當先行詞為人時，that 可用 who 代替。判
斷是否為強調句型的方法：It was I who talked to Jason.
把 It was 和 who 刪去，仍是文法正確的句子（I talked to
Jason.）時，就是「強調句型」。

17. **A** 「the + 比較級，the + 比較級」表「越…就越～」。

18. **A** leave「使處於（某種狀態）」的被動用法：
$$\begin{cases} \text{leave + 受詞 + 形容詞} \\ \text{be left + 形容詞} \end{cases}$$
homeless〔'homlɪs〕 *adj.* 無家可歸的

19. **B** 同類才能相比，「我的車」跑得和「麥可的車」一樣快，
Mike's (= *Mike's car*)。

20. **A** *be involved in* 牽涉在內；捲入；和…有關
scandal〔'skændl〕 *n.* 醜聞

TEST 16

選出一個<u>最正確</u>的答案。

1. It is impolite to keep your eyes _____ on others.
   A. fixing   B. fixed   【建國中學】

2. James saw the boy _____ stones at the dog.
   A. to throw   B. throw   【景美女中】

3. Not only _____ the floor but he did the laundry.
   A. did he mop   B. he mopped   【高師大附中】

4. You _____ wear slippers to school.
   A. need not   B. must not   【新竹高中】

5. Mary gave _____ wonderful performance.
   A. so a   B. such a   【左營高中】

6. When Neil _____ home, he will tell us the truth.
   A. will come   B. comes   【善化高中】

7. We may either stay at the hotel or _____ shopping.
   A. going   B. go   【北一女中】

8. When she got home, the house _____ up.
   A. had been tidied   B. had tidied   【台中一中】

9. _____ the south lacked water, the north was flooded.
   A. While   B. Like   【鳳新高中】

10. Some consider the film great; _____ think it awful.
　　A. others　　　　　　B. another　　　【成淵高中】

11. Be on time. Nobody likes to _____
　　A. be kept waiting　　B. keep waiting　【薇閣中學】

12. _____ college, Jane worked and saved money.
　　A. To attend　　　　B. Attend　　　　【基隆高中】

13. An earthquake hit Japan, _____ hundreds injured.
　　A. left　　　　　　　B. leaving　　　　【秀峰高中】

14. The free ticket will be given to _____ comes first.
　　A. no matter who　　B. whoever　　　【板橋高中】

15. Let's stay in the classroom to study, _____?
　　A. shall we　　　　　B. will you　　　【新竹高中】

16. Many people wonder how _____ young.
　　A. does she stay　　B. she stays　　　【北港高中】

17. We can use body language to show _____.
　　A. how do we feel　　B. how we feel　【中山女中】

18. The above _____ the reasons why he stayed.
　　A. are　　　　　　　B. is　　　　　　【高師大附中】

19. Pat went to the dentist to have his tooth _____.
　　A. pulled　　　　　　B. pull　　　　　【錦和高中】

20. _____ applause, they built their self-confidence.
　　A. To win　　　　　　B. Winning　　　【成淵高中】

TEST 16 詳解

1. **B**　「keep + 受詞 + 補語」表「使…停留（在…的狀態）」。
   keep *one's* eyes ***fixed*** on　使視線固定在…上
   fixed〔fɪkst〕*adj.*　固定的；不動的

2. **B**　see ⎱ + 受詞 + ⎰ V. 表「主動」
   hear ⎰　　　　 ⎱ V-ing 表「主動進行」
   　　　　　　　　 p.p. 表「被動」
   throw stones at　對…丟石頭

3. **A**　Not only ***did he mop*** the floor but he (also) did the
   laundry.（他不僅拖了地板，也洗了衣服。）
   否定副詞 Not only 置於句首，須倒裝，助動詞須移至主詞
   前。
   mop〔mɑp〕*v.*（用拖把）拖
   laundry〔'lɔndrɪ〕*n.* 待洗的衣物　　***do the laundry*** 洗衣服

4. **B**　表「禁止」，用 ***must not***（不可以）。need not 是「不必；
   沒有必要」。　　slippers〔'slɪpəz〕*n. pl.* 拖鞋

5. **B**　感嘆句的寫法：
   ⎧ so + *adj.* + a + N.
   ⎩ such + (a) + *adj.* + N.
   ⎧ so wonderful a performance　很棒的表演
   ⎩ = ***such a*** wonderful performance

6. **B**　表時間的副詞子句，須用現在式代替未來式。

7. **B**　對等連接詞 either…or 連接兩個原形動詞。

8. **A** 過去的過去，用「過去完成式」，依句意爲被動語態。

9. **A** *While* 表「在…同時」。   flooded〔'flʌdɪd〕*adj.* 淹水的

10. **A** *some…others* 有些人…有些人

11. **A** keep *sb.* waiting（使某人等待）的被動式是 *sb. be kept waiting*。

12. **A** *To attend* college,... 爲了上大學，…
= In order to attend college,...
不定詞片語可表「目的」。

13. **B** , and left... = , *leaving*...

14. **B** *whoever* = anyone who 引導名詞子句，做 to 的受詞，在子句中爲主格，而 no matter who 引導副詞子句。

15. **A** 前有 Let's，句尾附加問句用 *shall we?* = shall we stay...?

16. **B** how 引導名詞子句，要用敘述句的形式，不倒裝。

17. **B** how we feel 是名詞子句，不倒裝。

18. **A** The above（以上）的單複數，視後面的名詞而定。

19. **A** 「have + 受詞 + p.p.」表示自己不做，而叫別人做。

20. **B** *Winning* applause, they built their self-confidence.
= *Because they won* applause,...
（由於贏得了掌聲，他們建立了自信。）

TEST 17

選出一個<u>最正確</u>的答案。

1. The woman _____ next to him is his wife.
   A. seated B. seating 【建國中學】

2. Gary was addicted _____ video games.
   A. to play B. to playing 【台中一中】

3. While he _____, he met an old friend.
   A. was waiting B. had waited 【台東高中】

4. Love is often compared _____ roses.
   A. with B. to 【左營高中】

5. You should return _____ you borrowed from me.
   A. when B. what 【基隆女中】

6. Sam found his house _____ into.
   A. breaking B. broken 【錦和高中】

7. Tony is _____ than Mark.
   A. more richer B. much richer 【善化高中】

8. Our diet has a great influence _____ our health.
   A. on B. in 【基隆高中】

9. Their population is _____ ours.
   A. as large as three times
   B. three times as large as 【大阪教育大】

10. You cannot leave _____ you tell me the truth.
    A. since　　　　　B. unless　　　　　【中山女中】

11. Finally, he _____ the smell and no longer hated it.
    A. go used to　　　B. used to　　　　【成淵高中】

12. No matter _____ beautiful she is, I don't love her.
    A. what　　　　　B. how　　　　　【左營高中】

13. Everyone is looking forward to _____ his show.
    A. watching　　　B. watch　　　　　【薇閣中學】

14. I would cherish time if I _____ young again.
    A. will be　　　　B. were to be　　　【新竹高中】

15. _____ you ever tried Italian food?
    A. Were　　　　　B. Have　　　　　【師大附中】

16. Joseph wore a _____ coat to work today.
    A. long-sleeved　　B. blue-coloring　【高師大附中】

17. Keep me _____ any changes to the project.
    A. informed　　　B. informed of　　【板橋高中】

18. I invited them both, but _____ has replied yet.
    A. neither　　　　B. either　　　　　【中山女中】

19. _____ her ill luck, she remains positive.
    A. In spite of　　　B. Although　　　【基隆高中】

20. Chuck ran away quickly as if he _____ a ghost.
    A. sees　　　　　B. had seen　　　　【成淵高中】

TEST 17 詳解

1. **A** The woman (***who is***) <u>*seated* next to him</u> is his wife.
   坐在他旁邊的女士是他太太。
   be seated 坐下 (= *sit*)，若用 sit，形容詞子句爲 *who is sitting* next to him，省略 who is，則成爲 sitting。

2. **B** ***be addicted to*** + *N*/*V-ing* 沈迷；上癮

3. **A** while 連接一段時間，和進行式連用。

4. **B** ***be compared to*** ~ 被比喻成~

5. **B** You should return <u>***what*** *you borrowed from me*</u>.
   名詞子句
   你應該歸還你向我借的東西。
   what 引導名詞子句，做 return 的受詞。

6. **B** 發現房子「被闖入」，被動用過去分詞。

7. **B** 加強比較級用 ***much*** richer。

8. **A** 我們的飲食對我們的健康有很大的影響。
   have an influence on ~ 對~有影響

9. **B** Their population is <u>three times as large as</u> ours.
   他們的人口是我們的三倍多。
   表「倍數比較」：倍數 + ***as*** ~ ***as*** …。
   population「人口」爲集合名詞，形容人口「很多」，形容詞用 large。

10. **B** 除非你告訴我事實，否則你不能離開。
    unless「除非」表「否定條件」。

11. **A** 最後，他習慣了那個味道，不再討厭了。
    get used to + *N/V-ing* 習慣於～

12. **B** *No matter how* beautiful 無論多美麗，等於
    However beautiful。

13. **A** *look forward to* + *N/V-ing* 期待

14. **B** I would cherish time *if I were to be young again.*
    如果我能再年輕一次，我會珍惜時間。
    If 子句為假設法未來式，用 *were to* + 原形動詞。

15. **B** 現在完成式的疑問句用 Have you～？。

16. **A** long-sleeved 長袖的，*blue-coloring* 應改成 blue-colored
    （藍色的）。

17. **B** Keep me informed of any changes to the project.
    計劃有任何變動請告知我。*be informed of*～ 被告知某事～

18. **A** 由 but 可知，二人都沒有回答，用 neither。

19. **A** 儘管她運氣不好，她仍然很樂觀。*in spite of* + 名詞 儘管

20. **B** 查克很快跑掉，好像看到鬼一樣。
    as if 後為假設法過去式，用 had p.p.。

TEST 18

選出一個<u>最正確</u>的答案。

1. Clark _____ in our company for eight years.
   A. has worked　　　B. works　　　【北一女中】

2. Her mother insists that she _____ English at home.
   A. speaking　　　B. speak　　　【台中一中】

3. The more confident you are, _____.
   A. the less you worry　B. you worry less　【基隆高中】

4. While I _____ an email, my computer shut down.
   A. was writing　　　B. wrote　　　【宮崎大學】

5. She told me the news _____ she passed the test.
   A. which　　　B. that　　　【師大附中】

6. Legend _____ that Houyi shot eight suns down.
   A. there is　　　B. has it　　　【左營高中】

7. Much of the water on earth _____ not drinkable.
   A. is　　　B. are　　　【新竹高中】

8. The waiter noticed the coffee _____ by a lady.
   A. spilling　　　B. spilled　　　【秀峰高中】

9. There is new evidence _____ plastic is entering our bodies.
   A. that　　　B. where　　　【江蘇高考】

10. My friend, Kate, _____.
    A. is getting married   B. gets married   【薇閣中學】

11. The machine ought _____ once a year.
    A. to be checked   B. to check   【高師大附中】

12. She stood silently, her heart _____ wildly.
    A. beating   B. beaten   【中山女中】

13. He tore up the photo _____ upset me very much.
    A. , that   B. , which   【新竹高中】

14. Before I saw the movie, I _____ the original novel.
    A. had read   B. have read   【板橋高中】

15. The sick _____ taken good care of.
    A. were   B. was   【善化高中】

16. The baseball player was said _____ under a curse.
    A. to be   B. he was   【成淵高中】

17. It is important that the vase _____ with care.
    A. should handle   B. be handled   【中山女中】

18. _____ Charles gave up remained unknown.
    A. The reason why   B. The way how   【基隆高中】

19. There _____ changes here in the past 20 years.
    A. have been   B. were   【高師大附中】

20. David has five times _____ books as Helen.
    A. as many   B. much as   【金城學院大】

TEST 18 詳解

1. **A** for eight years 和現在完成式連用。

2. **B** insist「堅持」接 that 子句，子句中 should 通常被省略，故用原形動詞。

3. **A** 你越有信心，就越不擔心。
   The + 比較級～ + S + V～, *the* + 比較級… + S + V…. 表示「越～，就越…」之意。

4. **A** 當我正在寫電子郵件時，我的電腦關閉了。
   while 接一段時間，用過去進行式。

5. **B** that 引導名詞子句，做 the news 的同位語。

6. **B** 根據傳說，后羿射下了八個太陽。
   Legend has it that… 傳說說；根據傳說

7. **A** 地球上大部分的水都無法飲用。
   water 是不可數名詞，much of the water 也是不可數，動詞用單數。

8. **B** notice「注意到」為感官動詞，接受詞後，咖啡「被打翻」為被動，用過去分詞。

9. **A** There is new evidence ***that*** *plastic is entering our bodies.*
   有新的證據顯示，塑膠逐漸進入人體。
   that 引導名詞子句，為 evidence 的同位語。
   evidence〔ˈɛvədəns〕*n.* 證據

10. **A** 現在進行式可表示未來計畫要做的事。

11. **A** *ought to* 應該 (= *should*)
   機器「應該被檢查」為被動,用 ought to be checked。

12. **A** 她安靜地站著,心臟狂跳。
   beat「(心)跳」和前面動詞 stood 之間,沒有連接詞,且
   心跳為主動,用現在分詞。

13. **B** 他把照片撕了,這件事使我很生氣。
   代替前面整件事,要加逗點,關代要用 which。

14. **A** 在我看那部電影之前,我已經看過原著小說。
   比過去更早發生,用過去完成式。

15. **A** *the sick* 生病的人 (= *sick people*),為複數。

16. **A** 那名棒球選手據說受到詛咒了。
   普通名詞做主詞,「據說」要用 *be said to V*。

17. **B** 在 It is important that... 的句型中,that 子句中要用
   should,而 should 可省略,花瓶應該「被處理」,用被動。

18. **A** 查爾斯為何放棄的原因仍然不明。
   the reason why 表「原因」。the way how 表「方法」,但
   the way 和 how 不能同時使用。

19. **A** in the last 20 years「在過去的二十年來」,和現在完成式
   連用。

20. **A** 大衛擁有的書是海倫的五倍。
   books 為可數複數名詞,「是…的五倍」用 five times *as*
   many books *as*。

TEST 19

選出一個<u>最正確</u>的答案。

1. With his baby _____ in his lap, he felt content.
   A. sits　　　　　　　　B. sitting　　　【台中一中】

2. _____ in the country, she can't stand the city.
   A. Be born　　　　　　B. Born　　　　【藤女大】

3. On the table _____ a shiny box.
   A. lies　　　　　　　　B. lays　　　　【中山女中】

4. Mary and Tom want the travel plans _____.
   A. to arrange　　　　　B. to be arranged　【玉川大】

5. He _____ at a small company last year.
   A. has worked　　　　　B. worked　　　【薇閣中學】

6. Exercise is good _____ for health and for beauty.
   A. not only　　　　　　B. both　　　　【攝南大】

7. It is essential that these papers _____ back ASAP.
   A. be sent　　　　　　B. to send　　　【板橋高中】

8. The medicine has to be taken _____ six hours.
   A. every　　　　　　　B. each　　　　【松山大】

9. _____ you exercise, the more easily you'll get sick.
   A. The less often　　　B. Less often　　【基隆高中】

10. She forgave me _____ I admitted my mistakes.
    A. because   B. though   【阪南大】

11. Helen _____ afraid of cats.
    A. used to being   B. used to be   【高師大附中】

12. Steve was interesting _____ kind.
    A. as well as   B. as soon as   【日本大】

13. In the drawer _____ three letters.
    A. is   B. are   【善化高中】

14. The museum _____ I wanted to visit was closed.
    A. which   B. in which   【清泉女大】

15. These wild flowers smell _____.
    A. sweet   B. sweetly   【錦和高中】

16. Those _____ tickets in advance can choose first.
    A. buying   B. buy   【左營高中】

17. How _____ is the population?
    A. large   B. far   【同志社女大】

18. They requested that the game _____ after the exam.
    A. should hold   B. be held   【成淵高中】

19. We may go skiing, _____ on the weather.
    A. depending   B. depend   【東海大】

20. I love my mom _____ love always supports me.
    A. , whose   B. , whom   【新竹高中】

TEST 20

選出一個<u>最正確</u>的答案。

1. 3D printers are _____ in many ways.
   A. been used   B. being used 【錦和高中】

2. He wanted to be a sailor, and now he's gone _____.
   A. at sea   B. to sea   【白百合女大】

3. The result depends on _____ you are prepared.
   A. whether   B. if   【善化高中】

4. If he sold the stone, he _____ enough money.
   A. would have   B. had   【成淵高中】

5. _____ from above, the building looked small.
   A. Having seen   B. Seen   【實踐女大】

6. We tried to persuade him _____, but in vain.
   A. to not go   B. not to go 【高師大附中】

7. He drove his new car in _____ careless manner.
   A. such a   B. a such   【金城學院大】

8. This is the best _____ high school in this city.
   A. boy's   B. boys'   【新竹高中】

9. Under no circumstances _____ the PIN number.
   A. should anyone be given
   B. given anyone should be   【東海大】

10. _____ sides of the road are lined with trees.
    A. Both   B. Neither   【九州產業大】

11. I have difficulty in learning French, and _____.
    A. so is he   B. so does he   【九州國際大】

12. He never goes to bed _____ having his work done.
    A. without   B. until   【基隆高中】

13. Jennifer has twice as _____ as I.
    A. many dresses   B. many dress   【畿央大】

14. They tried to build a tower _____.
    A. only to fail   B. but failing 【藤女大】

15. Not until midnight _____ return to the hotel.
    A. we did   B. did we   【中山女中】

16. Hey, it was careless _____ to forget.
    A. of you   B. for you   【縣立廣島大】

17. _____ the man owed a lot of money is not a secret.
    A. That   B. What   【薇閣中學】

18. I went to see her, only _____ that she had left.
    A. to find out   B. find out   【成城大】

19. I do not agree _____ better to destroy old buildings.
    A. that is being   B. that it is   【昭和女大】

20. _____ which way to take, I stopped.
    A. No knowing   B. Not knowing 【松山大】

TEST 19 詳解

1. **B** 他的寶寶坐在他的膝上，他覺得很滿足。
「with + 受詞 + 分詞」表示伴隨著主要動詞的情況。

2. **B** *Born* in the country,【常用】
= *Being born* in the country,【p.p. 前的 Being 常省略】
= *Because she was born* in the country,

3. **A** = A shiny box lies on the table.
加強語氣而倒裝。lie 是「躺；在」，lay 是「下（蛋）；放置」。

4. **B** 計畫是「被安排」，被動要用 *to be arranged*。

5. **B** last year 和過去式連用。

6. **B** 對等連接詞 *both* ... and 連接兩個介系詞片語。

7. **A** It is essential that 後面用假設法 (should) *be sent*。

8. **A** *every* six hours 每六個小時
each six hours（誤）
可說 each day（每天）、each meal（每一餐）。

9. **A** 「the + 比較級，the + 比較級」表「越…就越～」。

10. **A** (B) 句意不對。

11. **B** 「used to + V」表「以前」。

12. **A** *as well as* 連接兩個形容詞。

13. **B** 加強語氣倒裝，等於 Three letters *are* in the drawer.

14. **A** The museum ***which** I wanted to visit* was closed.

15. **A** 「smell + *adj.*」表「聞起來…」。

16. **A** Those ***buying*** tickets in advance 預先買票的人
    = Those *who buy* tickets in advance

17. **A** 修飾 population（人口）用 ***large*** 或 small。

18. **B** request（要求）是慾望動詞，後面用假設法 (should) + V.
    表「應該」，依句意，該用被動。

19. **A** ***depending*** on the weather 視天氣而定
    = *which depends* on the weather

20. **A** 形容詞子句主詞為「媽媽的」愛，關代用所有格 ***whose***。

TEST 20 詳解

1. **B** are ***being used*** 正在被使用

2. **B** 他想要當水手，現在他已經去航海了。
   go to sea 去航海

3. **A** ***depend on*** 視…而定，if 前面不能有介系詞。

4. **A** 假設法的現在式，主要子句用 would + V.。

5. **B** ***Seen*** from above, ...
   = *If the building was seen* from above, ...

6. **B** 不定詞的否定，not 放在 to 前面。

7. **A** such 要放在 a 前面。manner〔'mænɚ〕*n.* 態度；方式

8. **B** *boys'* high school　男高中　　girls' high school　女高中

9. **A** 否定副詞片語 Under no circumstances（在任何情況下絕
不）放句首，句子要倒裝。　　*PIN number* 密碼

10. **A** 馬路兩邊都有整排的樹。「兩邊」用 *Both* sides。
【比較】Neither *side* of the road *is* lined with trees.
（馬路兩邊都沒有整排的樹。）

11. **B** ..., and so does he. = ..., and he *has difficulty*..., too.

12. **A** *never…without* 沒有…不；每次…必定

13. **A** Jennifer has twice *as many dresses as I.*
（珍妮佛的衣服是我的兩倍。）

14. **A** *only to V.*（結果卻）表示令人失望的結果。

15. **B** Not until 放在句首，要倒裝。

16. **A** 表示稱讚或責備，用 of。

17. **A** That 引導名詞子句，做 is 的主詞，That 無代名作用。

18. **A** *only to + V.*（結果卻）表示令人失望的結果。

19. **B** that 引導名詞子句，it 代替 to destroy old buildings。

20. **B** *Not knowing* which way to take, ….
= *Because I didn't know* which way to take, ...

TEST 21

選出一個<u>最正確</u>的答案。

1. The higher you fly, the _____ you may fall.
   A. more hardly   B. harder   【新竹高中】

2. This is _____ coffee I've ever had.
   A. the worst   B. worse   【阪南大】

3. She has to submit her report _____ next week.
   A. by   B. until   【同志社女大】

4. There is still _____ room for improvement.
   A. much   B. many   【日本大】

5. Amy fell sick. She had no choice _____ a rest.
   A. but take   B. but to take   【善化高中】

6. Who _____ the telephone?
   A. was invented   B. invented   【藤女大】

7. You can give the ticket to _____ wants it.
   A. whoever   B. whomever   【松山大】

8. Sophia took a taxi _____ miss the train.
   A. so as not to   B. not to so as   【東海大】

9. *Frankenstein,* _____ was written long ago, still has a strong appeal to readers.
   A. which   B. what   【玉川大】

10. I really need to have it _____ today.
　　A. looked at　　　　B. look at　　【昭和女大】

11. Illegal hunters face severe penalties if _____.
　　A. catch　　　　　　B. caught　　【九州國際大】

12. Smartphones are _____ for granted these days.
　　A. taken　　　　　　B. taking　　【攝南大】

13. If it had been warmer, I _____ gone out.
　　A. would have　　　　B. will have　　【清泉女大】

14. People are aware _____ the temperature is rising.
　　A. of　　　　　　　　B. that　　【基隆高中】

15. The old dog can hardly walk, let _____ run.
　　A. alone　　　　　　B. above　　【成城大】

16. That is _____ the best song.
　　A. by far　　　　　　B. very　　【實踐女大】

17. I don't like _____ dictionary I bought.
　　A. either　　　　　　B. neither　　【金城學院大】

18. A fire _____ in our neighborhood last night.
　　A. was broken out　　B. broke out　　【錦和高中】

19. Preparing for the exam kept me _____.
　　A. awake　　　　　　B. to wake　　【九州產業大】

20. Who was the first person _____ across the ocean?
　　A. to fly　　　　　　B. fly　　【畿央大】

TEST 21 詳解

1. **B** 「the + 比較級，the + 比較級」表「越…就越～」。
 The higher you fly, the **harder** you may fall.
 (飛得越高，就可能摔得越重。)
 hard 〔hɑrd〕 *adv.* 激烈地；猛烈地

2. **A** 依句意為最高級，用 *the worst* (最糟的)。
 worse (較差的) 是比較級。

3. **A** 表「在…之前」，用 by。 submit 〔səb'mɪt〕 *v.* 提交

4. **A** 還有很多進步的空間。
 room 作「空間」解，是不可數名詞，用 *much* 修飾。

5. **B** *have no choice but to V.* 別無選擇，只能…

6. **B** 依句意為過去式，且為主動，選 *invented* (發明)。

7. **A** *whoever* = anyone who (凡是…的人) 引導名詞子句，
 在子句中做主詞。whomever 為受格，不能做主詞。

8. **A** so as to V. 為了要 (= *in order to V*)
 so as not to V. 為了不要；以免 (= *in order not to V*)

9. **A** 關代 *which* 引導形容詞子句，修飾先行詞 Frankenstein
 〔'fræŋkən,staɪn〕 *n.* 科學怪人。appeal 〔ə'pil〕 *n.* 吸引力 < *to* >

10. **A** 「have + 受詞 + p.p.」表示自己不做，叫別人做。

11. **B** if *caught* 如果被抓到的話
　　　＝ if *they are* caught
　　　illegal〔ɪˈligḷ〕*adj.* 非法的　　severe〔səˈvɪr〕*adj.* 嚴重的
　　　penalty〔ˈpɛnḷtɪ〕*n.* 刑罰

12. **A** be *taken* for granted　被視爲理所當然

13. **A** 與過去事實相反的假設，if 子句用過去完成式，主要子
　　　句用 would have ＋ p.p.。

14. **B** $\left\{\begin{array}{l}\text{be aware of ＋ 名詞　知道；察覺到}\\ \textit{be aware that} \text{ ＋ 子句}\end{array}\right.$

15. **A** *let alone*　更別提；更不用說

16. **A** $\left.\begin{array}{l}\text{the very}\\ \text{much the}\\ \textit{by far} \text{ the}\\ \text{far and away the}\end{array}\right\}$ ＋最高級

17. **A** not…*either*　兩者皆不
　　　＝ neither

18. **B** 火災「爆發」是主動，用 *broke out*。

19. **A** *keep sb. awake*　使某人一直醒著；使某人未曾合眼

20. **A** 不定詞片語 *to fly* across the ocean 做形容詞用，修飾 the
　　　first peoson。

TEST 22

選出一個<u>最正確</u>的答案。

1. _____ do not give up will succeed someday.
   A. Those who　　　　B. Whoever 【新竹高中】

2. Sign this paper _____ you want the operation.
   A. if　　　　B. but 【藤女大】

3. The deadline _____ changed twice already.
   A. has been　　　　B. is being 【阪南大】

4. Today's exam was _____ easier.
   A. very　　　　B. far 【東海大】

5. The suspect was seen _____ out of the house.
   A. to run　　　　B. have run 【玉川大】

6. He _____ for three days.
   A. isn't rested　　　　B. hasn't rested 【攝南大】

7. Motorbikes don't cost _____ cars.
   A. as much　　　　B. as much as 【同志社女大】

8. _____ was his excitement that he jumped.
   A. There　　　　B. Such 【日本大】

9. Teenagers in the U.S. are more independent than
   _____ in Taiwan.
   A. ones　　　　B. those 【高師大附中】

10. The idea _____ we hire a helper is worth a try.
　　A. what　　　　　　　B. that　　　【基隆高中】

11. He never _____ to write every month.
　　A. fails　　　　　　　B. be failed　　　【松山大】

12. I've lost my cell phone. I _____ it somewhere.
　　A. must have left　　　B. must left　　　【清泉女大】

13. There are 30 students, most of _____ study hard.
　　A. whom　　　　　　　B. them　　　【九州國際大】

14. You didn't go to the cinema, _____?
　　A. did you　　　　　　B. didn't you　　　【成城大】

15. I need to contact her _____ the summer camp.
　　A. regarding　　　　　B. regards　　　【白百合女大】

16. I would like to live _____ is plenty of sunshine.
　　A. where there　　　　B. where　　　【實踐女大】

17. He practiced harder _____ he could win.
　　A. so that　　　　　　B. as if　　　【九州產業大】

18. The city hall _____ on Park Road.
　　A. is located　　　　　B. locates　　　【錦和高中】

19. There are cases _____ this rule doesn't apply.
　　A. which　　　　　　　B. in which　　　【畿央大】

20. His mother _____ to throw away all his toys.
　　A. threatened　　　　　B. threated　　　【昭和女大】

TEST 22 詳解

1. **A** ***Those who*** do not⋯　凡是不⋯的人
   = Anyone who does not⋯
   = Whoever does not⋯

2. **A** if（如果）引導表條件的副詞子句。
   operation〔͵ɑpəˋreʃən〕*n.* 手術

3. **A** 由 already（已經）可知，須用「現在完成式」。
   deadline〔ˋdɛd͵laɪn〕*n.* 截止日期

4. **B**   much ⎫
          even ⎪
          still ⎬　＋比較級
          far ⎭

5. **A** ***be seen to V.*** 被看見⋯

6. **B** 「for＋一段時間」須用完成式，依句意為「現在完成式」。

7. **B** ***as much as***　和⋯一樣多
   motorbike〔ˋmotɚ͵baɪk〕*n.* 摩托車

8. **B** ***Such⋯that*** 如此大的⋯以致於
   Such was his excitement that he jumped.
   （他太興奮了，以致於跳了起來。）

9. **B** 為了避免重複前面出現過的名詞，單數用 that，複數用
   those 代替。those = the teenagers（青少年）
   independent〔͵ɪndɪˋpɛndənt〕*adj.* 獨立的

10. **B** 我們雇用一名助手的想法值得一試。
　　　that 引導名詞子句，做 The idea 的同位語。

11. **A** 他每個月一定會寫作。
　　　fail to V. 未能…　　*never fail to V* 務必；一定

12. **A** 表對過去肯定的推測，用 *must have* + p.p.（當時一定…）。

13. **A** 空格應填關代，代替先行詞 students，依句意為受格，故
　　　用 *whom*。代名詞 them 無連接詞作用。

14. **A** 前面是否定，句尾附加問句用肯定。
　　　cinema〔'sɪnəmə〕*n.* 電影　　*go to the cinema* 去看電影

15. **A** 「關於」夏令營的事，用 *regarding*（ = *about* ）。
　　　regards〔rɪ'gardz〕*n. pl.*（書信等的）問候

16. **A** 我想要住在有許多陽光的地方。
　　　where there is plenty of sunshine　在有許多陽光的地方

17. **A** 表「目的」，可用 *so that*（以便於 ）。　　as if　好像

18. **A** *be located on*　位於（ = *be situated on* ）
　　　city hall　市政廳

19. **B** 在有些情況中，這條規則不適用。
　　　this rule doesn't apply（這條規則不適用）是完整句，故不
　　　需要關代，須選關係副詞 where 或 *in which*，表「在這些
　　　情況當中」。　　case〔kes〕*n.* 情況　　apply〔ə'plaɪ〕*v.* 適用

20. **A** threat〔θrɛt〕*n.* 威脅（無 threated 這個字）
　　　threaten〔'θrɛtn̩〕*v.* 威脅，過去式是 *threatened*。

TEST 23

選出一個<u>最正確</u>的答案。

1. John is _____ the fastest runner in our class.
   A. ever   B. by far   【新竹高中】

2. Don't speak _____ your mouth full.
   A. with   B. of   【藤女大】

3. She is looked _____ as a great leader.
   A. up   B. up to   【松山大】

4. A diet with _____ calories is said to be healthier.
   A. more lower   B. much lower   【日本大】

5. _____ at the party, I played with my son.
   A. While   B. During   【同志社女大】

6. Look! The flag _____ now!
   A. is raising   B. is rising   【高師大附中】

7. Sally ate under the tree with her legs _____.
   A. crossed   B. have crossed   【東海大】

8. Memorize _____ words as you can.
   A. as many   B. a great many   【攝南大】

9. _____ mistakes you make, the more likely it is you'll succeed.
   A. The less   B. The fewer   【中山女中】

10. I wonder _____ she has bought.
　　A. what　　　　　B. if　　　　　【阪南大】

11. As he has _____ little money, he can't go abroad.
　　A. such　　　　　B. so　　　　　【基隆高中】

12. I pretended _____ asleep.
　　A. to be　　　　　B. of being　　　　　【玉川大】

13. You are not allowed in _____ you are a member.
　　A. unless　　　　　B. if　　　　　【清泉女大】

14. I was made _____ for months.
　　A. to wait　　　　　B. waited　　　　　【成城大】

15. A newer model _____ next spring.
　　A. will be displayed　　B. is displaying　【白百合女大】

16. You play tennis, _____?
　　A. don't you　　　　　B. aren't you　　　　　【實踐女大】

17. We shouldn't leave our jobs half _____.
　　A. doing　　　　　B. done　　　　　【錦和高中】

18. They are deciding _____ to open a new store.
　　A. whether　　　　　B. whereas　　　　　【昭和女大】

19. The typhoon caused a rapid _____ in the price.
　　A. rise　　　　　B. risen　　　　　【縣立廣島大】

20. My sister as well as I _____ going to the show.
　　A. am　　　　　B. is　　　　　【中山女中】

TEST 23 詳解

1. **B** the very
   much the
   by far the
   far and away the
   } + 最高級

2. **A** 表「附帶狀態」，用 ***with***。

3. **B** ***look up to*** 尊敬
   be looked up to as 被當作…尊敬

4. **B** ***much***
   even
   still
   far
   } + 比較級
   calorie〔ˈkælərɪ〕*n.* 卡路里

5. **A** ***While*** at the party, ...
   = While *I was* at the party, ...

6. **B** rise〔raɪz〕*v.* 上升；升起
   raise〔rez〕*v.* 提高

7. **A** ***with*** 表「附帶狀態」:「with + 受詞 + 過去分詞」表「被動」。
   with her legs ***crossed*** 她雙腿交叉

8. **A** ***as many…as*** you can 儘可能多 (= as many…as possible)
   memorize〔ˈmɛməˌraɪz〕*v.* 背誦；記憶

9. **B** 「the + 比較級，the + 比較級」表「越…就越~」。
   用 ***fewer*** 修飾可數名詞 mistakes (錯誤)。

10. **A** 我想知道她買了「什麼」，用 *what*（= *the thing that*）。

11. **B** 修飾形容詞 little（極少的）須用副詞 *so*。
so little money 這麼少的錢
so much money 這麼多的錢

12. **A** *pretend to V.* 假裝…　asleep〔ə'slip〕*adj.* 睡著的

13. **A** 「除非」你是會員，用 *unless*。

14. **A** *be made to V.* 被要求要…
使役動詞的被動，to 不可省略。

15. **A** 未來式須用 will，且依句意為被動語態。
model〔'madl〕*n.*（汽車等的）款式；型
display〔dɪ'sple〕*v.* 展示

16. **A** 前為肯定，句尾附加問句用否定，而動詞是 play，故用助
動詞的否定 *don't*。

17. **B** 「leave + 受詞 + 形容詞」表「使…處於（某種狀態）」。
leave…half *done* 使…只完成一半
done〔dʌn〕*adj.* 完成的

18. **A** whether（是否）引導名詞片語，做 deciding 的受詞。
whereas〔ˌhwɛr'æz〕*conj.* 然而（= *while*）

19. **A** *rise*〔raɪz〕*n.* 上漲　*v.* 上升
risen 是動詞 rise 的過去分詞。

20. **B** A as well as B（A 和 B 一樣），重點在 A，故動詞須與 A
一致。

TEST 24

選出一個<u>最正確</u>的答案。

1. She is said _____ a teacher when she was young.
   A. to have been　　　B. to be　　　【錦和高中】

2. What do you think _____ his favorite?
   A. is　　　　　　　　B. to　　　【日本大】

3. The ingredients are as _____: water and sugar.
   A. follows　　　　　B. following　　【同志社女大】

4. I suggest that we _____ to conclusions.
   A. not jump　　　　B. not jumping　　【松山大】

5. Boys of _____ age don't always think alike.
   A. the　　　　　　　B. an　　　【高師大附中】

6. We didn't have _____ snow this year.
   A. much　　　　　　B. many　　　【東海大】

7. Mind _____ I take your photo?.
   A. for　　　　　　　B. if　　　【九州產業大】

8. It is safe here during the day but _____ at night.
   A. less safe　　　　B. least safest　　【金城學院大】

9. Could you tell me _____ I can get a good night's sleep?
   A. the way　　　　　B. the way how 【縣立廣島大】

10. Have you ever had your passport _____?
    A. stole   B. stolen   【玉川大】

11. I decided _____ out.
    A. not to go   B. not going   【清泉女大】

12. You must prepare; _____, you won't get good marks.
    A. otherwise   B. unless   【成城大】

13. Cathy is holding a heavy bag in _____ hand.
    A. either   B. both   【新竹高中】

14. A tree is known _____ its fruit.
    A. by   B. as   【實踐女大】

15. I wish my room _____ bigger.
    A. were   B. will be   【畿央大】

16. Is there an office _____ I can make a reservation?
    A. that   B. where   【藤女大】

17. _____ a rainy day, we stayed home.
    A. It being   B. It is being   【阪南大】

18. Some medicine was _____ effective.
    A. surprising   B. surprisingly   【昭和女大】

19. _____ made you leave?
    A. What   B. When   【攝南大】

20. Alex listened to music _____ driving to work.
    A. and   B. while   【基隆高中】

TEST 24 詳解

1. **A** She is said *to have been* a teacher when she was young.
   據說她年輕時當過老師。
   不定詞的完成式，表示發生在主要動詞之前的動作。

2. **A** What *do you think* is his favorite?
                    插入語
   你認為他最喜愛的是什麼？　do you think 是插入語。

3. **A** *as follows* 如下　　ingredient〔ɪnˈgrɪdɪənt〕*n.* 成分

4. **A** suggest（建議）為慾望動詞，接受詞後，須接 should +
   V.，而 should 常省略。
   I suggest that we (should) <u>not jump</u> to conclusions.
   （我建議我們不要遽下結論。）
   jump to conclusions 遽下結論

5. **B** Boys of *an* age（同樣年紀的男孩）【an = the same】
   Birds of <u>a</u> father flock together. （【諺】物以類聚。）

6. **A** snow（雪）為不可數名詞，用 *much* 修飾。

7. **B** if（如果）引導名詞子句，做 Mind 的受詞，句首省略了
   Do you。

8. **A** *less safe* 較不安全
   least safe 最不安全【*least safest*（誤）】

9. **A** Could you tell me *the way* I can...
   = Could you tell me *how* I can...
   the way 和 *how* 不能同時使用。

10. **B** 「have + 受詞 + p.p.」表「被動的無奈經驗」。

11. **A** decide to V. 決定要…   ***decide not to V.*** 決定不要…
不定詞的否定，not 要放在不定詞前。

12. **A** ***otherwise*** (ˈʌðəˌwaɪz) *adv.* 否則
unless (ənˈlɛs) *conj.* 除非   mark (mɑrk) *n.* 分數

13. **A** 「either + 單數名詞」作「兩邊的…」解。
both 須接複數名詞。

14. **A** ***be known by*** 由…辨認
be known as 被稱為…

15. **A** wish 須接假設語氣，依句意，與現在事實相反，用過去
簡單式，be 動詞須用 ***were***。

16. **B** 表「地點」，關係副詞用 ***where***。

17. **A** ***It being*** a rainy day, we stayed home.
= *Because it was* a rainy day, we stayed home.
分詞構句三步驟：①去連接詞 (Because)，②去相同主詞，
主詞不同 (it) 保留，③動詞改為 V-ing (was → being)。

18. **B** 修飾形容詞 effective (有效的) 須用副詞 ***surprisingly***
(令人驚訝地；非常地)。

19. **A** ***What*** made you leave? (是什麼原因使你離開？)
疑問副詞 when (什麼時候) 不合句意。

20. **B** ***while*** driving to work = while *he was* driving to work
副詞子句中，句意很明顯，主詞和 be 動詞可同時省略。

TEST 25

選出一個<u>最正確</u>的答案。

1. The movie ＿＿＿＿ interesting. It had good reviews.
   A. must be　　　　　B. maybe　　　　　【藤女大】

2. There are many people ＿＿＿＿ to that movie.
   A. go　　　　　B. going　　　　　【薇閣中學】

3. Listen carefully to ＿＿＿＿ your teacher says.
   A. that　　　　　B. what　　　　　【新竹高中】

4. Don't forget ＿＿＿＿ me up early.
   A. to wake　　　　　B. being woken　　　　　【松山大】

5. Only a third of the students ＿＿＿＿ girls.
   A. are　　　　　B. is　　　　　【板橋高中】

6. They are looking forward to ＿＿＿＿ you.
   A. see　　　　　B. seeing　　　　　【阪南大】

7. It is ＿＿＿＿ to e-mail.
   A. more easier　　　　　B. much easier　　　　　【同志社女大】

8. What ＿＿＿＿ you have made!
   A. a big mistake　　　　　B. big a mistake　　　　　【高師大附中】

9. If I ＿＿＿＿ you were sick, I could have brought you some meals.
   A. had known　　　　　B. have known　　　　　【攝南大】

10. Lily was made ＿＿＿＿＿ the task right away.
　　A. do　　　　　　　B. to do　　　【錦和高中】

11. Don't forget to ＿＿＿＿＿ up my suit.
　　A. picking　　　　　B. pick　　　　【東海大】

12. He congratulated him ＿＿＿＿＿ winning.
　　A. on　　　　　　　B. from　　　　【昭和女大】

13. She is known ＿＿＿＿＿ the youngest Nobel winner.
　　A. for　　　　　　　B. as　　　　　【錦和高中】

14. They ＿＿＿＿＿ married for 20 years.
　　A. have　　　　　　B. have been　　【清泉女大】

15. It is high time that we ＿＿＿＿＿ to stop fighting.
　　A. tried　　　　　　B. will try　　　【新竹高中】

16. Refusing to eat ＿＿＿＿＿ is offered is impolite.
　　A. what　　　　　　B. it　　　　　【日本大】

17. I bought a camera, but I ＿＿＿＿＿ it the next day.
　　A. had lost　　　　　B. lost　　　　【高師大附中】

18. This is the coldest winter ＿＿＿＿＿ twenty years.
　　A. in　　　　　　　B. on　　　　　【金城學院大】

19. Mr. Lin devotes himself to ＿＿＿＿＿ the poor.
　　A. helping　　　　　B. help　　　　【善化高中】

20. It is designed for those ＿＿＿＿＿ have basic skills.
　　A. who　　　　　　B. things　　　【九州產業大】

TEST 25 詳解

1. **A** 表「肯定推測」，用 *must*（一定）。

   review〔rɪ'vju〕*n.* 評論；影評

2. **B** 兩動詞間無連接詞，第二個動詞須改爲現在分詞。

3. **B** *what* your teacher says（你的老師說的話）

4. **A**
   - *forget* + *to V.* 忘記去…（動作未完成）
   - forget + V-ing 忘了做過…（動作已完成）

   wake sb. up 叫某人起床

5. **A** 表「部份」的情況，動詞須視其後的名詞而定。

   part
   some
   most   } of + { 單數名詞 + 單數動詞
   a third   複數名詞 + 複數動詞

   a third of 三分之一的

6. **B** *look forward to* + *V-ing* 期待…

7. **B**
   much
   even
   still   } + 比較級
   far

8. **A** 感嘆句的寫法：
   - What + a + 形容詞 + 單數名詞 + 主詞 + 動詞！
   - How + 形容詞 + a + 單數名詞 + 主詞 + 動詞！

   What *a big mistake* you have made!
   = How big a mistake you have made!
   （你犯了多大的錯誤啊！）

9. **A** 由 could have brought 可知，爲與「過去事實相反的假設」，須用過去完成式 *had known*。

10. **B** *be made to V* （被要求… ），使役動詞的被動，to 不可省略。

11. **B** Don't forget <u>to pick</u> up my suit. 不要忘了去拿我的西裝。

12. **A** *congratulate sb. on sth.* 恭喜某人某事

13. **B** *be known as* + 身份、名稱 以…身份爲人所知
    be known for + 特點 以…有名

14. **B** *have been married* for 20 years 已經結婚二十年了
    「for + 一段時間」與完成式連用。
    have married 須接受詞，表「和…結婚」，用法不合。

15. **A** 該是我們努力不要吵架的時候了。
    It is (high) time that + S. + 過去式 V. 表「是該…的時候
    了」，用過去式動詞，爲假設法現在式，表示該做而未做。

16. **A** *what* is offered（被供應的東西），what = the thing that。

17. **B** 依句意爲「過去簡單式」，用 *lost*（遺失）。

18. **A** 這是二十年來最冷的冬天。
    in twenty years 在二十年內

19. **A** ⎰ *devote oneself to* + *N/V-ing* 致力於…
        ⎱ = be devoted to + N/V-ing
    the poor 窮人（ = *poor people*）

20. **A** 這個東西是設計給有基本技能的人用的。
    who 引導形容詞子句，修飾先行詞 those。
    design〔dɪ'zaɪn〕*v.* 設計

TEST 26

選出一個<u>最正確</u>的答案。

1. I bought a hot coffee for my boyfriend _____.
   A. to drink it   B. to drink   【新竹高中】

2. He is what is _____ a born artist.
   A. called   B. given   【松山大】

3. Now I wish I _____ French in university.
   A. had studied   B. had been studied 【東海大】

4. He acted _____ rudely that everyone was angry.
   A. so   B. such   【高師大附中】

5. I'm looking forward _____ from her.
   A. to hear   B. to hearing   【清泉女大】

6. She insisted _____ for dinner.
   A. to pay   B. on paying   【同志社女大】

7. All children _____ road safety.
   A. must have taught B. should be taught 【日本大】

8. Salmon go back to the rivers _____ they were born.
   A. where   B. which   【新竹高中】

9. Giving _____ you do not need is a good way to help people.
   A. whatever   B. however   【金城學院大】

10. The poet compared his lover _____ a summer day.
   A. as   B. to   【基隆高中】

11. The concert was _____ than I had expected.
   A. more excited   B. more exciting   【東海大】

12. It is not easy _____ this news to her.
   A. break   B. to break   【阪南大】

13. The old man could hardly stand up, _____?
   A. did he   B. could he   【新竹高中】

14. He _____ a few minutes ago.
   A. has left   B. left   【藤女大】

15. Only rarely _____ a complaint.
   A. do we have   B. have we been   【日本大】

16. My father came home from work _____.
   A. late   B. lately   【東海大】

17. How long _____ since I saw you last?
   A. has it been   B. has been   【高師大附中】

18. Eggs _____ bad easily.
   A. go   B. do   【九州產業大】

19. The last train _____, I took a taxi.
   A. having left   B. leaving   【松山大】

20. The girl _____ on the stage is Mr. Lee's daughter.
   A. singing   B. sings   【基隆高中】

TEST 26 詳解

1. **B** I bought a hot coffee for my boyfriend *to drink.*
   我買了一杯熱咖啡給我男朋友喝。
   不定詞之前已有意義上的受詞，其後就不得有文法上的
   受詞，所以用 …*to drink it.*（誤）

2. **A** 他就是所謂天生的藝術家。
   what is called 所謂的
   = what people call

3. **A** 「與過去事實相反的假設」用「過去完成式」*had studied*。

4. **A** 他的行為舉止如此無禮，每個人都生氣了。
   修飾副詞 rudely（無禮地），須用副詞 *so*。

5. **B** *look forward to + V-ing* 期待
   hear from sb. 收到某人的來信；得知某人的信息

6. **B** *insist on + V-ing* 堅持…
   pay for 支付…的錢

7. **B** 依句意為被動，*should be taught*（應該被教導）。

8. **A** 鮭魚會回到牠們出生的河流。
   表地點，須用 *where*。　　salmon〔'sæmən〕*n.* 鮭魚

9. **A** Giving *whatever* you do not need is a good way to help
   people.
   把你不需要的東西送人，是幫助別人的一個好方法。
   【whatever = anything that】

10. **B** *compare A to B* 把 A 比喻為 B

11. **B** 修飾事物用 *exciting*（刺激的；令人興奮的），excited（感到興奮的）則用於修飾人。

12. **B** It 是虛主詞，代替真正主詞 *to break* this news to her（把這個消息告訴她）。　　break〔brek〕*v.* 透露；傳達

13. **B** could hardly（幾乎不能）具有否定意味，故句尾附加句須用肯定的 *could he*。

14. **B** 由 ago 可知，須用「過去簡單式」*left*（離開）。

15. **A** Only + 副詞（片語）置於句首，句子須倒裝，助動詞須放在主詞前。
Only rarely *do we have* a complaint.（我們很少抱怨。）
= We only rarely have a complaint.
rarely〔'rɛrlɪ〕*adv.* 很少　　*only rarely* 很少

16. **A** 「很晚」才下班回家，是 come home from work *late*。
lately〔'letlɪ〕*adv.* 最近

17. **A** How long has *it* been since I saw you last?
自從我上次見到你以來，已經多久了？*it* 表「時間」。

18. **A** go〔go〕*v.* 變得（= *become*）
go bad 變壞　　*go crazy* 發瘋

19. **A** The last train *having left*, I took a taxi.
= *Because* the last train *had left*, I took a taxi.

20. **A** The girl *singing* on the stage is....
= The girl *who is singing* on the stage is....
在舞台上唱歌的那個女孩是李先生的女兒。

TEST 27

選出一個<u>最正確</u>的答案。

1. I _____ the bus to school every day.
   A. take   B. have taken

2. Hurry up! The train _____ in ten minutes.
   A. would leave   B. leaves

3. The sun _____ in the east.
   A. rise   B. rises

4. There _____ a table in the room.
   A. are   B. is

5. If you _____ any questions, just ask.
   A. will have   B. have

6. Welcome! _____ on in!
   A. Come   B. Coming

7. Mom _____ breakfast for us every morning.
   A. make   B. makes

8. Here is a gift for you. I hope you _____ it.
   A. will like   B. like

9. Two students _____ absent today.
   A. be   B. are

10. When you _____ there, give me a call.
　　A. arrive　　　　　　B. will arrive

11. Coffee _____ my favorite drink now.
　　A. is　　　　　　　　B. is being

12. Water _____ at 100 °C.
　　A. boil　　　　　　　B. boils

13. Practice _____ perfect.
　　A. make　　　　　　B. makes

14. Diamond _____ diamond.
　　A. cut　　　　　　　B. cuts

15. See you tomorrow. _____ a great night.
　　A. Have　　　　　　B. Had

16. Brian _____ to the basketball team.
　　A. is belonging　　　B. belongs

17. From saving _____ having.
　　A. comes　　　　　　B. come

18. I will wait here until he _____ back.
　　A. will come　　　　B. comes

19. The show _____ at 7:30 tonight.
　　A. starts　　　　　　B. starting

20. I _____ what you mean.
　　A. understand　　　　B. am understanding

TEST 27 詳解

1. **A** 現在式表示昨天如此、現在如此，未來也如此，不變的習慣，every day 和現在式連用。

2. **B** The train <u>leaves</u> *in ten minutes*.
   = The train will leave in ten minutes.
   火車再過十分鐘就要出發。
   來去動詞用現在式表未來。

3. **B** 不變的事實用現在式，主詞第三人稱單數，動詞要加 s。

4. **B** There is + 單數名詞。

5. **B** *If you <u>have</u> any questions*, just ask.
   如果你有任何問題，問就是了。
   表「條件」的副詞子句，不能用未來式，要用現在式代替未來式。

6. **A** 命令句只有一種時態，用原形動詞。

7. **B** 表習慣用現在式。主詞是第三人稱單數，動詞要加 s。

8. **B** 名詞子句做 hope, assume, suppose... 等，表「希望、猜測、認為」等動詞的受詞時，用現在式代替未來式。

9. **B** 主詞是複數，動詞也要用複數。

10. **A** *When you <u>arrive</u> there*, give me a call.
    當你到達那裡時，打個電話給我。
    表「時間」的副詞子句，用現在式代替未來式。

11. **A** 現在的狀態用現在式，不能用進行式。

12. **B** 不變的事實用現在式。100 °C 唸成 one hundred degrees Celsius。Water <u>boils</u> at 100 °C. 水在 100 °C 時沸騰。

13. **B** Practice <u>makes</u> perfect. 【諺】熟能生巧。諺語用現在式。

14. **B** 諺語一般都用現在式，但 Diamond *cut* diamond. (棋逢敵手。) 例外，用過去式。cut 的三態為 cut-cut-cut。
諺語不用現在式的例外還有 :
Care *killed* the cat. (憂慮傷身。)
Curiosity *killed* the cat. (好奇傷身。)
Accidents *will* happen. (天有不測風雲。)
Faint heart never *won* fair lady.
(唯英雄才能贏得美人；懦弱者永遠得不到美人。)

15. **A** 命令句用現在式。

16. **B** belong to「屬於」表狀態，無進行式。

17. **A** From saving <u>comes</u> having. 這個句子是倒裝句，原來是 Having <u>comes</u> from saving. (節儉為致富之本。) 動名詞當主詞，為單數，用單數動詞。

18. **B** I will wait here *until* he *comes* back.
我會在這裡一直等到他回來。
時間副詞子句用現在式代替未來式。

19. **A** 來去動詞 start 可以用現在式、現在進行式、未來式表未來。每個句子都該有一個動詞。

20. **A** understand「了解」，為狀態動詞，無進行式。

TEST 28

選出一個<u>最正確</u>的答案。

1. I _____ to the movies last night.
   A. have gone   B. went

2. Last week he _____ late every night.
   A. worked   B. works

3. He told me that John _____ ill.
   A. is   B. was

4. He _____ breakfast this morning.
   A. didn't have   B. doesn't have

5. I _____ send the e-mail, but he didn't receive it.
   A. didn't   B. did

6. The college _____ fifty years ago.
   A. had found   B. was founded

7. There _____ be a river behind my house.
   A. used to   B. was used to

8. He promised he _____ the task the next day.
   A. would finish   B. will finish

9. She never _____ such a story before.
   A. hears   B. heard

10. I _____ the dish when I was in Japan.
   A. have tried   B. tried

11. I _____ dinner with Tim tonight.
   A. have had   B. am going to have

12. We _____ this together tomorrow.
   A. do   B. will do

13. Betty _____ 18 next year.
   A. is going to   B. will be

14. I don't know if he _____ here tomorrow.
   A. will come   B. comes

15. If it rains tomorrow, I _____ with you.
   A. don't go   B. won't go

16. They _____ the show tonight.
   A. are watching   B. watching

17. Tom put on his coat and _____.
   A. leaves   B. left

18. I _____ you an hour ago, but you didn't answer.
   A. called   B. will call

19. I _____ impatient because he kept pushing me.
   A. becomes   B. became

20. I believe he _____ a great man some day.
   A. is   B. will be

TEST 28 詳解

1. **B** last night 和過去式連用。

2. **A** last week 和過去式連用。

3. **B** 主要子句是過去式，名詞子句也用過去式。

He told <u>me</u> <u>that John was ill</u>.
間接受詞　　直接受詞

4. **A** this morning 和過去式連用。

「吃早餐」可說 $\begin{cases} \text{eat} \\ \text{have} \\ \text{get} \end{cases}$ breakfast。

5. **B** 助動詞 did 用於加強過去的語氣。

6. **B** 這所學校在五十年前創立。fifty years ago 和過去式連用。found「建立」的被動語態是 be founded。原則上，任何及物動詞非人做主詞，都用被動，主動是 They founded the college fifty years ago. (= *The college was founded fifty years ago.*)

7. **A** 「used to + 原形動詞」表從前；be used to + V-ing 習慣於。「從前有」是 There used to be。

8. **A** 主要子句動詞 promised 是過去式，名詞子句要用 would finish，不能用 will finish。

【比較】He ***promises*** he ***will*** finish the task <u>tomorrow</u>.
〔現在的未來〕

He ***promised*** he ***would*** finish the task <u>the next day</u>.
〔過去的未來〕

9. **B** 過去式表過去的經驗。

10. **B** I <u>tried</u> the dish ***when I was in Japan.***
我在日本的時候，吃過這道菜。
tried the dish　吃過；嚐過
= tasted the dish
= ate the dish
表示過去一點時間或一段時間，要用過去式。

11. **B** 「be going to + 原形動詞」表未來打算做。

12. **B** tomorrow 和未來式連用。

13. **B** next year 和未來式連用，is going to 之後要接動詞 be。

14. **A** if 等於 whether，tomorrow 和未來式連用。

15. **B** 依句意表「未來」。

16. **A** = They will watch the show tonight.
「看」節目的 watch 可用現在進行式代替未來。

17. **B** and 連接二個過去式動詞，表示過去連續二個動作。put 的
三態是 put-put-put，第三人稱沒有加 s，表示它是過去式。

18. **A** an hour ago 和過去式連用。

19. **B** 因為他不斷地逼我，我變得沒有耐性。
依句意是過去的動作，用過去式。

20. **B** some day　未來某一天，和未來式連用。

TEST 29

選出一個<u>最正確</u>的答案。

1. He _____ all afternoon, so he is tired now.
   A. has exercised   B. exercises

2. He _____ English for ten years.
   A. has studied   B. studied

3. He _____ English when he came to the U.S.
   A. has studied   B. had studied

4. The meeting _____ yet.
   A. hadn't finished   B. hasn't finished

5. She _____ to the United States twice.
   A. has been   B. has gone

6. The train _____ when we arrived.
   A. have left   B. had left

7. Mr. Wang _____ in Taipei all his life.
   A. lives   B. has lived

8. He _____ worried about the test for the past week.
   A. has been   B. was

9. He _____ a shower already.
   A. has   B. has had

10. We _____ each other since graduation.
   A. didn't see   B. haven't seen

11. The movie was better than I _____.
   A. had expected   B. expect

12. I _____ the novel three times if I read it again.
   A. have read   B. will have read

13. She _____ to Japan; she isn't home now.
   A. has been   B. has gone

14. When I saw him, he _____ ill for a week.
   A. has been   B. had been

15. How long _____ married?
   A. have they been   B. did they be

16. I _____ them before.
   A. don't see   B. haven't seen

17. I _____ under pressure recently.
   A. have been   B. was

18. Tom said that his mother _____ the night before.
   A. had come   B. came

19. I wish I _____ there with you at that time.
   A. were   B. had been

20. No sooner _____ than Joe arrived.
   A. had he left   B. has he left

TEST 29 詳解

1. **A** all afternoon 和現在完成式連用。

2. **A** for ten years 和現在完成式連用。

3. **B** He <u>had studied</u> English ***when*** *he came to the U.S.*
   當他來過美國時已經學過英文了。
   過去的過去用「過去完成式」。

4. **B** not…yet 和「現在完成式」連用。

5. **A** ***has been to*** 「曾經去過」表「經驗」，***has gone to*** 表示「已經去了～」未回來。

6. **B** The train <u>had left</u> ***when*** *we arrived.*
   當我們到達時火車已經離開了。
   過去的過去用「過去完成式」。

7. **B** 王先生終其一生都住在台北。
   all his life「他一輩子」，和現在完成式連用。

8. **A** 過去的一星期以來，他都在擔心考試的事情。
   for the past week「過去的一星期」，和現在完成式連用。

9. **B** 他已經洗過澡了。
   already 和現在完成式連用。

10. **B** since 和現在完成式連用。

11. **A** 過去的過去用「過去完成式」。

12. **B** I <u>will have read</u> the novel three times *if I read it again.*
如果我再讀這本小說一次，我將已經讀過三次了。
If I read it again 表「未來」，故用未來完成式。

13. **B** have gone to 表「去了未回」。

14. **B** 過去的過去用「過去完成式」。

15. **A** 他們結婚已經多久了？How long 和現在完成式連用。

16. **B** before 和現在完成式連用。

17. **A** recently「最近」和現在完成式連用。
be under pressure 承受壓力

18. **A** 過去的過去用「過去完成式」。

19. **B** 與過去事實相反用過去完成式。

I wish
$$\begin{cases} \text{I \underline{could be} there tomorrow.（與未來相反）} \\ \text{I \underline{were} there now.（與現在相反）} \\ \text{I \textbf{\textit{had been}} there yesterday.（與過去相反）} \end{cases}$$

20. **A** No sooner <u>had he left</u> *than Joe arrived.*
他一離開喬就到了。*no sooner ~ than…*　一～就…
二個過去的動作，先發生者用過去完成式。No sooner 爲否
定用法，置於句首，後面先寫助動詞再寫主詞，形成倒裝。

TEST 30

選出一個<u>最正確</u>的答案。

1. John _____ his homework right now.
   A. is doing   B. does

2. Mrs. White _____ a party next weekend.
   A. gives   B. is giving

3. It _____ cats and dogs outside now.
   A. is raining   B. rains

4. Please save him. He _____.
   A. is dying   B. dies

5. He _____ to study abroad.
   A. is deciding   B. decided

6. When you called, he _____ his computer.
   A. used   B. was using

7. While she _____ to music, her phone rang.
   A. was listening   B. listened

8. When I get home, my mother _____ dinner.
   A. is prepare   B. will be preparing

9. What _____ at this time tomorrow?
   A. are you doing   B. will you be doing

10. He _____ at eight o'clock last night.
  A. studied   B. was studying

11. What _____ when you went there?
  A. was he doing   B. is he doing

12. My brother _____ next month.
  A. is married   B. is getting married

13. Listen! A bird _____ in the tree.
  A. sings   B. is singing

14. I'm afraid I _____ with what you just said.
  A. don't agree   B. am not agreeing

15. I _____ you are right.
  A. admit   B. am admitting

16. The weather _____ warmer and warmer.
  A. is getting   B. gets

17. He _____ at me.
  A. has always laughed B. is always laughing

18. The box _____ three kilos.
  A. is weighing   B. weighs

19. I _____ English for more than five years.
  A. am studying   B. have been studying

20. The cake _____ great.
  A. is tasting   B. tastes

TEST 30 詳解

1. **A** right now 和現在進行式連用。

2. **B** 現在進行式可表示不久的未來。

3. **A** 現在外面正下著傾盆大雨。now 和現在進行式連用。
   rain cats and dogs 下傾盆大雨

4. **A** 依句意「他快要死了」，die 為一時性的動作，用現在進行式
   表示「快要～」之意。

5. **B** decide「決定」無進行式。

6. **B** ***When you called***, he was using his computer.
   當你打電話來時，他正在使用電腦。
   過去某時正在進行的動作用過去進行式。

7. **A** ***While she was listening to music***, her phone rang.
   當她在聽音樂時，她的電話響了。
   表示過去正在進行的動作用過去進行式。
   ring〔rɪŋ〕v. (電話) 響【三態變化為：ring-rang-rung】

8. **B** ***When I get home***, my mother will be preparing dinner.
   當我到家時，我媽媽將正在準備晚餐。
   when I get home 為未來的時間，表示未來某時正在進行
   的動作，用未來進行式。

9. **B** 表未來某時正在進行的動作，用未來進行式。

10. **B** 昨天晚上八點鐘時，他正在讀書。
過去某時正在進行的動作用過去進行式。

11. **A** 當你到達那裡時，他正在做什麼？
表過去某時正在進行的動作，用過去進行式。

12. **B** 現在進行式可表不久的未來。

13. **B** 現在進行式表示動作現在正在進行。

14. **A** 我恐怕不同意你剛剛所說的話。agree「同意」無進行式。

15. **A** admit「承認」無進行式。

16. **A** is getting warmer and warmer 表示「越來越溫暖」。
表示「變成」的動詞用進行式，表示「逐漸；越來越」之意。

17. **B** 他老是嘲笑我。
現在進行式和 always 等表「連續」的時間副詞連用，表示
說話者認為不良的習慣或不耐煩。

18. **B** weigh「重達～」無進行式。

19. **B** 我讀英文已經超過五年了。
for more than five years 和現在完成式或現在完成進行式
連用，現在完成進行式語氣更強。

20. **B** 感官動詞 taste（吃起來）、look（看起來）、sound（聽起
來）等沒有進行式。

TEST 31

選出一個最正確的答案。

1. English _____ in the U.S. and Canada.
   A. is spoken   B. spoke

2. He failed and _____.
   A. scolded   B. was scolded

3. If you are late again, you will _____.
   A. be punished   B. punish

4. A child should _____ care of.
   A. take   B. be taken

5. He is a liar. He cannot _____.
   A. be relied on   B. rely on

6. _____ that he has made great progress.
   A. They are thought   B. It is thought

7. Let the job _____ as soon as possible.
   A. be done   B. be doing

8. _____ was the window broken?
   A. Who   B. By whom

9. He _____ sweep the floor by his mother.
   A. made   B. was made to

10. He _____ a nice job at the company.
   A. offered　　　　　B. was offered

11. I _____ doing the same thing every day.
   A. am tired of　　　B. am tiring to

12. Mr. Liu _____ by everyone.
   A. is looked up to　B. is looked up

13. I'm _____ that you will succeed someday.
   A. believed　　　　B. convinced

14. Part of her money _____ on clothes.
   A. is cost　　　　　B. is spent

15. _____ that he was rich when he was young.
   A. He is said　　　B. It is said

16. Finally, his efforts _____.
   A. rewarded　　　　B. were rewarded

17. My teacher is _____ with my paper.
   A. satisfied　　　　B. satisfying

18. She _____ to enter the building at that time.
   A. saw me　　　　　B. was seen

19. The cake _____ for me by my sister.
   A. was made　　　　B. made

20. The case _____ after three months.
   A. remained unsolved　B. was remained unsolved

TEST 31 詳解

1. **A** 及物動詞非人做主詞要用被動。

2. **B** 「被責備」的過去式是 was scolded。

3. **A** 「被處罰」是 be punished。

4. **B** *take care of*「照顧」的被動是 be taken care of。

5. **A** *rely on*「依賴」，被動是 be relied on。

6. **B** People think that... 的被動是 It is thought that...，
It 代替後面 that 子句。
People think that he has made great progress.
= *It is thought that* he has made great progress.
大家認為他有很大的進步。

7. **A** do 的被動是 be done。
Let the job be done. (把工作做好。)
= *Let's get the job done.*

8. **B** 窗戶是被誰打破的？
「被誰」的疑問置於句首，要用 By whom。

9. **B** 這個句子主動為：
His mother made him sweep the floor.
他媽媽叫他去掃地。
使役動詞改被動，後面原形動詞要變成 to V。
He <u>was made</u> to sweep the floor by his mother.
　　使役動詞改被動

10. **B** 「被提供」的過去式是 was offered。

11. **A**　I <u>am tired of</u> doing the same thing *every day.*
我厭倦每天做同樣的事。*be tired of* 厭倦
情感動詞 tire「使疲倦」，以人做主詞時要用被動 *tired*。

12. **A**　*look up to*「尊敬」，被動是 be looked up to。

13. **B**　I'm <u>convinced</u> that you will succeed someday.
我相信有一天你會成功。
I'm convinced 我相信〔convince「使相信」為情感動詞〕
= *I believe*〔believe 要用主動〕

14. **B**　spend 的被動是 be spent。cost 做「花費」解時，沒有被動。

15. **B**　<u>It is said</u> that he was rich when he was young.
據說他年輕時很有錢。
「據說」是 ***It is said that*** 或 People say that。

16. **B**　「被獎勵」是 be rewarded。

17. **A**　*be satisfied with* 對～很滿意，主詞為人。

18. **B**　這個句子主動為：
Someone saw her enter the building at that time.
當時有人看到她進入那棟大樓。
感官動詞改被動，後面原形動詞要變成 to V。
She <u>was seen to</u> enter the building at that time.
　　　感官動詞改被動

19. **A**　蛋糕「被做」，被動過去式為 was made。

20. **A**　The case <u>remained unsolved</u> after three months.
這個案子三個月後仍然沒被解決。
remain「仍然」為不及物動詞，沒有被動。unsolved「沒
被解決」為過去分詞，表被動，在句中做主詞補語。

TEST 32

選出一個<u>最正確</u>的答案。

1. He didn't say that and I _____, either.
   A. did   B. didn't

2. He doesn't like math and neither _____ I.
   A. don't   B. do

3. "Must I wear that coat?" "No, you _____."
   A. must not   B. don't have to

4. If he _____, tell him I'll call him.
   A. should come   B. shall come

5. I _____ go to school than go there with him.
   A. would like   B. would rather

6. You _____ to finish your paper ASAP.
   A. should   B. ought

7. You _____ be kidding. It can't be true.
   A. must   B. can

8. _____ you mind lending me some money?
   A. Would   B. Can

9. "Have you ever seen that movie?" "No, I never
   _____."
   A. have   B. did

10. Lisa is packing for the trip and so _____ Linda.

    A. does　　　　　　B. is

11. You _____ smoke in the building.

    A. must not　　　　B. need not

12. You had _____ go out without an umbrella.

    A. better not to　　B. better not

13. _____ your hair cut? You look different.

    A. Have you　　　　B. Did you have

14. He _____ leave early yesterday.

    A. had to　　　　　B. must

15. He said he would go and he _____ go.

    A. did　　　　　　　B. didn't

16. That is the house where we _____.

    A. used to live　　　B. used to living

17. You _____ go to school. Just stay at home.

    A. don't need　　　B. needn't

18. "Were you reading then?" "Yes, I _____."

    A. was　　　　　　　B. did

19. You will come to my party, _____ you?

    A. won't　　　　　　B. don't

20. Do come to my party, _____ you?

    A. don't　　　　　　B. will

TEST 32 詳解

1. **B** either 用於否定的「也」。

2. **B** neither do I 是 neither do I *like it* 的省略，
   neither 做「也不」解，不須再用 not。

3. **B** 「我必須穿那件外套嗎？」「不，你不必。」
   must「必須」是肯定，否定是 ***don't have to***「不必」，
   must not 為「不可以」之意，表「禁止」。

4. **A** 萬一他來了，告訴他我會打電話給他。should 表「萬一」。

5. **B** 我寧願去上學，也不願和他去那裡。
   would rather + 原形動詞 + ***than*** + 原形動詞 寧願～而不願…
   would like to V 想要做某事

6. **B** ***ought to*** = should 應該
   ASAP 儘快 (= *as soon as possible*)

7. **A** 你一定是在開玩笑。那不可能是真的。
   must 做「一定」解，表示肯定的推測，can't 則是對否定的
   推測，為「不可能」之意。

8. **A** 問「你介意…嗎？」用 ***Would*** you mind...? 或 Do you
   mind...? 。

9. **A** No, I never have. = No, I have never seen it.
   問句 Have you ever...，答句助動詞也要用 have。

10. **B** 麗莎正在打包要去旅行，琳達也是。
    so *is* Linda (packing for...)

11. **A** must not 表禁止，做「不可以」解。

12. **B** had better「最好」，否定是 *had better not*「最好不要」。

13. **B** 你剪了頭髮嗎？你看起來不太一樣。
have one's **hair cut** 剪頭髮
have 在此是一般動詞，問句要用 Did you have...?

14. **A** 他昨天必須提早離開。must 沒有過去式，要用 *had to*。

15. **A** He said he would go *and* he <u>*did*</u> go.
他說他會去，他真的去了。
助動詞 did 加原形動詞，為加強語氣的用法，強調動詞。
【比較】He said he would go *but* he *didn't* go.
　　　　他說他會去，但是他沒去。

16. **A** That is the house *where* we <u>*used to live*</u>.
那就是我們以前住的房子。
「*used to* + 原形動詞」表從前。be used to + V-ing　習慣於

17. **B** You <u>needn't</u> go to school. Just stay at home.
你不必去學校。待在家裡就好。
needn't + 原形動詞　不必 (need 為助動詞)
= don't need to V (need 為一般動詞)

18. **A** 問句用 *Were* you...? 簡答就是 Yes, I *was*。

19. **A** *won't you?* = won't you come?
句尾附加問句就是簡單形式的省略疑問句。

20. **B** 祈使句的句尾附加問句要用 *will you?* 表「請求」(= *will you come?*)。

TEST 33

選出一個<u>最正確</u>的答案。

1. It is dangerous _____ out late by yourself.
   A. to go   B. to going

2. I have a lot of work _____ today.
   A. doing   B. to do

3. _____ a good seat, you had better arrive early.
   A. To get   B. Getting

4. She is old enough _____ the kindergarten.
   A. to enter   B. entering

5. He was too tired _____ any longer.
   A. walking   B. to walk

6. _____ the truth, I don't agree with you.
   A. Telling   B. To tell

7. I'm so tired. I need a chair _____.
   A. to sit   B. to sit on

8. All you have to do now is _____.
   A. waiting   B. wait

9. Please show me _____ the new machine.
   A. how to operate   B. how operate

10. The boss ordered him _____ out of the office.
    A. to get   B. getting

11. I saw him _____ five minutes ago.
    A. to leave   B. leave

12. He grew up _____ an excellent scientist.
    A. to be   B. only to be

13. Everyone is eager _____.
    A. to be succeeded   B. to succeed

14. The teacher had him _____ here.
    A. to wait   B. wait

15. He has lots of experiences _____ with us.
    A. to share   B. sharing

16. My brother makes it a rule _____ every day.
    A. to jogging   B. to jog

17. It is nice _____ you to lend me the book.
    A. of   B. for

18. The question is too hard _____.
    A. answering   B. to answer

19. _____ up smoking is good for you.
    A. To give   B. By giving

20. His mother doesn't let him _____ outside alone.
    A. play   B. to play

TEST 33 詳解

1. **A** It 是虛主詞，不定詞片語是真正主詞。

2. **B** 不定詞片語當形容詞，修飾 work。

3. **A** *To get a good seat*, you had better arrive *early*.
   為了要找個好位子，你最好提早到。
   不定詞表「目的」。

4. **A** She is old *enough to enter* the kindergarten.
   她年紀夠大，可以上幼稚園了。
   enough 和不定詞連用。

5. **B** He was *too* tired *to walk* any longer.

   他太累再也走不動了。
   too~to V 太～而不⋯

6. **B** *To tell the truth* 老實說，是獨立不定詞片語，修飾全句。

7. **B** a chair to sit on 被不定詞所修飾的名詞，即是它意義上的
   受詞，不能再有文法上的受詞。*a chair to sit on it* (誤)

8. **B** All *you have to do now* is (to) wait.
   此類句型多省略 to。

9. **A** how to operate... 做 show 的直接受詞。

10. **A** 老闆命令他離開辦公室。

　　　　 order sb. to V 命令某人做某事

11. **B** 感官動詞接受詞後接原形動詞，做受詞補語。

12. **A** 他長大成爲一位傑出的科學家。不定詞片語表「結果」。

13. **B** *be eager to V* 渴望

　　　　 succeed「成功」爲不及物動詞，無被動。

14. **B** 使役動詞加受詞後，接原形動詞，做受詞補語。

15. **A** He has lots of experiences *to share with us.*

　　　　 他有很多經驗可以和我們分享。

　　　　 不定詞片語 to share with us 當形容詞用，修飾前面的名詞。

16. **B** My brother makes it *a rule to jog every day.*

　　　　 我哥哥每天必定去慢跑。

　　　　 make it a rule to V「必定做某事」，it 是虛主詞，代替眞正

　　　　 受詞不定詞片語，a rule 是受詞補語。

17. **A** It is nice *of* you to V....　你人眞好…。

　　　　 表「稱讚」或「責備」用 of。

18. **B** 這個問題太難了，無法回答。*too ~ to V* 太～而不…。

19. **A** 不定詞片語當主詞。

20. **A** 他的媽媽不讓他獨自一人在外面玩。

　　　　 使役動詞 let「讓」接受詞後接原形動詞。

TEST 34

選出一個<u>最正確</u>的答案。

1. Would you mind _____ me some money?
   A. to lend   B. lending

2. I remember _____ him once.
   A. seeing   B. to see

3. There is no use _____ to convince him.
   A. trying   B. to try

4. The book is worth _____.
   A. to read it   B. reading

5. My mother is busy _____ dinner.
   A. fixing   B. to fix

6. Mr. Lin is used to _____ to the office early.
   A. get   B. getting

7. One of his hobbies is _____ biking.
   A. go   B. going

8. Taking a walk _____ her relaxed.
   A. makes   B. make

9. Can you imagine _____ in the past?
   A. living   B. to live

10. The teacher asked him to stop _____.
    A. talk　　　　　　　B. talking

11. Jeff practices _____ basketball every day.
    A. playing　　　　　B. to play

12. _____ computer games is exciting.
    A. Play　　　　　　B. Playing

13. I hate _____ like a child.
    A. being treated　　B. treated

14. The window needs _____.
    A. be washed　　　B. washing

15. She lost three kilos by _____ every day.
    A. exercising　　　B. exercise

16. I don't feel like _____ out tonight.
    A. going　　　　　B. to go

17. He is in the habit _____ early.
    A. to rise　　　　　B. of rising

18. He has finished _____ all his homework.
    A. to do　　　　　B. doing

19. We really enjoy _____ with you.
    A. be　　　　　　B. being

20. Nancy likes _____ alone.
    A. going shopping　B. go shop

TEST 34 詳解

1. **B** mind「介意」後要用動名詞。

2. **A** I remember <u>seeing</u> him once. 我記得見過他一次。
   remember V-ing 表示「記得做過某事」，
   remember to V 表示「記得要去做某事」，但尚未做。

3. **A** There is no use <u>trying</u> to convince him.
   試著說服他是沒有用的。
   (= *It is useless to try to convince him.*)
   There is no use + V-ing 做～是沒有用的

4. **B** worth 後接動名詞有三個條件須遵守：①主動②及物動詞
   ③無受詞。

5. **A** *be busy V-ing* 忙於做某事

6. **B** Mr. Lin is used to <u>getting</u> to the office early.
   林先生習慣早點到辦公室。
   be used to + N/V-ing 習慣於

7. **B** be 動詞之後用動名詞做主詞補語。

8. **A** 散步使她放鬆。
   Taking a walk「散步」是動名詞，做主詞視為單數，故動
   詞須加 s。

9. **A** imagine「想像」後要用動名詞。

10. **B** *stop V-ing* 停止做某事

11. **A** practice「練習」後須接動名詞。

12. **B** 本句要用動名詞做主詞。

13. **A** I hate being treated *like a child.*
我討厭被當做小孩一樣對待。
hate「討厭；痛恨」後可接不定詞或動名詞，依句意要用被
動，動名詞的被動為 being p.p.。

14. **B** The window needs **_washing_**. 窗戶需要洗了。
(= *The window needs to be washed.*)
need 後可用主動的動名詞代替被動的不定詞。

15. **A** *by V-ing* 表示「藉由做～」。

16. **A** *feel like V-ing* 想要做～

17. **B** He is in the habit of rising early. 他習慣早起。
be in the habit of V-ing 有～習慣

18. **B** finish「結束」後接動名詞。

19. **B** enjoy「享受；喜歡」後接動名詞。

20. **A** 南西喜歡一個人去購物。
like「喜歡」後可接不定詞或動名詞，而 *go V-ing* 表示「去
從事某種活動」之意。*go shopping* 去購物

TEST 35

選出一個<u>最正確</u>的答案。

1. Fresh food is better than _____ food.
   A. freezing   B. frozen

2. Did you see a _____ star? Make a wish.
   A. falling   B. fallen

3. Weather _____, I'll go hiking with you.
   A. permitting   B. permits

4. _____ what to say, he kept quiet.
   A. Not to know   B. Not knowing

5. He gave me a book _____ in English.
   A. writing   B. written

6. Who is that _____ man over there?
   A. nice-looking   B. nice-looked

7. He found his dog _____ on the grass.
   A. lied   B. lying

8. I'm sorry to keep you _____.
   A. waited   B. waiting

9. He has his hair _____ every two months.
   A. cut   B. cutting

10. They found the ball _____ in the hole.
    A. hiding　　　　　B. hidden

11. He just sat there, _____ nothing.
    A. saying　　　　　B. to say

12. He came to repair the _____ window.
    A. breaking　　　　B. broken

13. Frankly _____, I don't agree with you.
    A. speak　　　　　B. speaking

14. _____ no buses, we had to take a taxi.
    A. There were　　　B. There being

15. The dish _____ by Helen looks delicious.
    A. made　　　　　B. makes

16. I smell something _____.
    A. burning　　　　B. to burn

17. _____ that he was safe, I felt relieved.
    A. Hear　　　　　B. Hearing

18. He just stood there, with his arms _____.
    A. folding　　　　B. folded

19. The plane left at 10, _____ two hours later.
    A. arriving　　　　B. arrived

20. Let _____ dogs lie.
    A. slept　　　　　B. sleeping

TEST 35 詳解

1. **B** 過去分詞當形容詞，表「被動」。*frozen food* 冷凍食品

2. **A** Did you see a <u>falling</u> star? Make a wish.
   你看見流星了嗎？許個願吧。
   falling star 流星，流星就是「正在掉落的」星星，現在分詞當形容詞，表「主動」、「進行」。

3. **A** *weather permitting*「如果天氣許可的話」，源自於 *if the* weather *permits*，為獨立分詞構句。

4. **B** 這句話源自 *Because he didn't* know what to say，分詞構句的否定，要將 not 放在現在分詞前。

5. **B** He gave me a book (***which** was*) *written in English*.
   written in English 是分詞片語，修飾先行詞 a book。

6. **A** a ***nice-looking*** man「很好看的男人」，相當於 a man *who looks nice*。

7. **B** 他發現他的狗躺在草地上。found 後接受詞，要再接受詞補語，「躺」為主動，用現在分詞。
   lie「躺」的三態變化為 lie-lay-lain，現在分詞是 lying，lie「說謊」的三態為 lie-lied-lied，現在分詞也是 lying。

8. **B** keep 後接受詞，再接受詞補語，wait「等」為主動，用現在分詞。

9. **A** have 為使役動詞，have 接受詞後，再接受詞補語，頭髮「被剪」為被動，用過去分詞，cut 的三態為 cut-cut-cut。

10. **B** 他們發現球被藏在洞裡。球「被藏在」洞裡，為被動，用過去分詞 hidden。hide 的三態為：hide-hid-hidden。

11. **A** sat 和後面動詞之間無連接詞，後者改成分詞。

12. **B** 窗戶是「被打破的」，為被動，用過去分詞當形容詞。

13. **B** *frankly speaking* 老實說；坦白說

14. **B** 這個句子源自於 *Because there were* no buses，改成分詞構句時，前後主詞不同要保留，故成為 *There being* no buses。

15. **A** The dish (*which is*) <u>made *by Helen*</u> looks delicious.
海倫做的這道菜看起來很好吃。

16. **A** 我聞到有東西燒焦了。smell「聞」是感官動詞，接受詞後，受詞補語主動用現在分詞。

17. **B** <u>*Hearing* **that** *he was safe*</u>, I felt relieved.
= **When** *I heard* **that** *he was safe*, I....
當我聽說他平安，我鬆了一口氣。

18. **B** He *just* stood there, *with his arms <u>folded</u>.*
他只是站在那裡，雙臂交叉。
「with + 受詞 + 受詞補語」表「附帶狀態」，手臂「被交叉」，為被動，受詞補語用過去分詞。

19. **A** 第二個動詞與前句無連接詞，用分詞。

20. **B** Let <u>sleeping</u> dogs lie. 讓睡覺的狗躺著；【諺】勿惹事生非。
現在分詞當形容詞，表示「主動」、「進行」。

TEST 36

選出一個<u>最正確</u>的答案。

1. He wishes he _____ a bird.
   A. is   B. were

2. If I _____, I would fly to you.
   A. can fly   B. could fly

3. It is time you _____ to bed.
   A. went   B. go

4. The kid behaves as if he _____ an adult.
   A. is   B. were

5. If he _____ come, tell him to wait for me.
   A. should   B. will

6. If only I _____ with you now.
   A. can be   B. could be

7. If you _____ yesterday, you could have met him.
   A. had come   B. came

8. If I had taken your advice, I _____ now.
   A. will succeed   B. would succeed

9. If he had been more careful, he could _____ the highest score.
   A. have gotten   B. get

10. If I _____ about this, I would have called him.
    A. knew　　　　　　　B. had known

11. If the sun _____ rise in the west, I would go there.
    A. will　　　　　　　B. were to

12. _____ you helped me, I wouldn't have failed.
    A. Had　　　　　　　B. If

13. If I could go now, I _____ with you.
    A. would go　　　　　B. will go

14. She wishes she _____ the party last week.
    A. can attended　　　B. had attended

15. Sam insists that Sue _____ with him.
    A. goes　　　　　　　B. go

16. Mr. Lee requires that everyone _____ on time.
    A. come　　　　　　　B. comes

17. The doctor suggests that he _____ smoking.
    A. quit　　　　　　　B. quits

18. _____ he fail, he would resign.
    A. Would　　　　　　B. Should

19. How I wish I hadn't _____ about the news.
    A. heard　　　　　　B. been heard

20. If I _____ enough money, I could buy that car.
    A. had　　　　　　　B. had had

TEST 36 詳解

1. **B** wish 後接假設語氣，表示「與現在事實相反」，be 動詞用 were。

2. **B** 假設法的現在式中，If 子句要用過去式，或是「助動詞過去式 + 原形動詞」。

3. **A** It is time you <u>went</u> to bed. 該是你上床睡覺的時候了。
   It is time 表示「該是…的時候了」，但事實上還沒做，為假設法現在式，故用過去式動詞。

4. **B** The kid behaves ***as if** he were an adult.*
   這個小孩的行為好像他是大人。
   as if 「好像」在此接假設法現在式，be 動詞用 were。

5. **A** should 做「萬一」解，用於條件句。

6. **B** ***If only*** 「要是…就好了」為表「願望」的假設法。

7. **A** 假設法的過去式中，If 子句要用過去完成式。

8. **B** ***If I had taken your advice**,* I <u>would succeed</u> now.
   如果我（過去）有聽你的勸告，我現在就成功了。
   假設語氣的用法，前後二句話時態可以不一致。本句中 If 子句為過去，用 had taken，主要子句為現在式，用 would + 原形動詞。

9. **A** 如果他更小心一點，他可以得到更高的分數。
   假設法過去式中，If 子句要用過去完成式，主要子句要用 could/would/should/might have p.p.。

10. **B**　如果我知道關於這件事，我早就打電話給他了。
　　　本句為假設法過去式，If 子句要用過去完成式。

11. **B**　*If the sun were to rise in the west,* I would go there.
　　　如果太陽從西邊出來，我就會去那裡。
　　　If 子句中用 *were to V*，表示「與未來事實相反」的假設
　　　語氣。

12. **A**　*Had* you helped me 源自 *If* you *had* helped me，為假設
　　　法過去式。

13. **A**　*If I could go now,* I would go with you.
　　　假設法現在式中，主要子句用 would/could/should/might
　　　＋原形動詞。

14. **B**　她希望她上週有去參加舞會。
　　　此句為假設法過去式，用 had + p.p.。

15. **B**　insist「堅持」，接 that 子句，為慾望動詞用法，that 子句中
　　　要用助動詞 should，而 should 通常省略，故用原形動詞。

16. **A**　require「要求」為慾望動詞，that 子句中省略助動詞
　　　should，用原形動詞。

17. **A**　suggest「建議」為慾望動詞，that 子句中 should 省略，用
　　　原形動詞。

18. **B**　*Should* he fail 源自於 *If* he *should* fail，should 做「萬一」
　　　解，為假設法未來式。

19. **A**　假設法過去式，用 had + p.p.，hear 為主動。

20. **A**　假設法現在式中，If 子句動詞要用過去式。

TEST 37

選出一個<u>最正確</u>的答案。

1. _____ is impossible for me to get there on time.
   A. It   B. That

2. How long did _____ take to finish the report?
   A. there   B. it

3. He found _____ hard to answer the question.
   A. it   B. its

4. _____ seems that she is doing fine.
   A. She   B. It

5. There _____ three storybooks on the desk.
   A. is   B. are

6. There _____ a boy and a girl in the room.
   A. is   B. are

7. He makes _____ a rule to swim every morning.
   A. it   B. up

8. _____ is kind of you to help me.
   A. This   B. It

9. _____ an old lady living alone there.
   A. There is   B. That is

10. _____ a basketball game next weekend.
    A. It will be   B. There will be

11. How many eggs _____ in the basket?
    A. are they   B. are there

12. _____ said that he didn't pass the test.
    A. It is   B. He is

13. There _____ a park around here.
    A. used to have   B. used to be

14. Look! _____ goes the bus.
    A. There   B. It

15. What date is _____ today?
    A. this   B. it

16. _____ is getting colder and colder.
    A. It   B. Weather

17. She bought a watch and gave _____ to me.
    A. one   B. it

18. The Internet makes _____ easy to communicate.
    A. it   B. that

19. _____ was in that room that the party was held.
    A. It   B. There

20. _____ no knowing who will come next.
    A. There is   B. It is

TEST 37 詳解

1. **A** It 為虛主詞，代替真正主詞 to get there on time，for me 的 me 是不定詞意義上的主詞。

2. **B** 完成這份報告需要多久？
   it 為虛主詞，代替真正主詞 to finish the report。

3. **A** He found it hard *to answer the question.*

   it 做虛受詞，代替真正受詞 to answer the question。
   hard「困難的」為受詞補語。

4. **B** It seems ***that** she is doing fine.* 似乎她一切都很順利。
   (= *She seems to be doing fine.*)
   seem 接 that 子句時，要用虛主詞 It。

5. **B** There ***are***「有」接複數名詞。

6. **A** There is/are 之後若有兩個以上的主詞，單複數以靠近動詞者一致。

7. **A** He makes it *a rule to swim every morning.*

   他每天早上必定會去游泳。***make it a rule to V*** 必定會做某事
   it 為虛受詞，to V 是真正主詞，a rule 是受詞補語。

8. **B** It 為虛主詞，代替真正主詞 to help me。you 是不定詞意義上的主詞。形容詞 nice 是對 you 的稱讚，介系詞要用 of。

9. **A** There is an old lady *living alone there.*
   有一位老婦人獨自住在那裡。There ***is***「有」接單數名詞。

10. **B** There is/are「有」的未來式是 ***There will be***「將會有」。

11. **B** How many eggs <u>are there</u> in the basket?
籃子裡<u>有</u>多少蛋？
疑問句要倒裝，用 are there。

12. **A** 本句原為：People say that he didn't pass the test.（據說他沒有通過考試。）改成被動，用虛主詞 It is said that...。

13. **B** 表示「過去曾經有」要用 ***There used to be***。

14. **A** <u>There</u> goes the bus. 公車走了。
本句是「副詞＋動詞＋主詞」的倒裝句。

15. **B** 表示「日期」的主詞要用 it。

16. **A** <u>It</u> is getting colder and colder. 天氣變得越來越冷了。
表示「天氣」的主詞為 It。get 在此做「變成」解，用進行式表示「逐漸變成」,「比較級 and 比較級」指「越來越～」。

17. **B** 代替前面的單數名詞,代名詞用 it。

18. **A** The Internet makes <u>it</u> easy *to communicate*.
網際網路使溝通變容易了。

19. **A** 「It is/was＋強調部分＋that＋其餘部分」為強調句型。
It was <u>in that room</u> ***that*** the party was held.
　　　　　　強調部分
派對就是在那個房間舉行的。

20. **A** ***There is no V-ing*** 做～是不可能的
（＝ *It is impossible to V*）

TEST 38

選出一個<u>最正確</u>的答案。

1. That is the man _____ we talked about.
   A. X   B. which

2. John, _____ sits next to me, is the next.
   A. that   B. who

3. This is the best novel _____ I've ever read.
   A. that   B. which

4. You're the one _____ I want to share the news.
   A. that   B. with whom

5. A friend is someone _____ always stands by you.
   A. who   B. X

6. The girl _____ mother is a teacher is Amy.
   A. her   B. whose

7. I found my bike, _____ was lost the other day.
   A. that   B. which

8. Who is the girl _____ is leaving the room?
   A. who   B. that

9. Do you know the man and his dog _____ just walked by?
   A. who   B. that

10. Joe did well on the exam, _____ pleased his mom.
　　A. which　　　　　B. that

11. All _____ John needs is his parents' love.
　　A. that　　　　　B. which

12. The story _____ you just told me is interesting.
　　A. in which　　　B. X

13. I know Mr. Smith, _____ is a doctor.
　　A. who　　　　　B. that

14. He said he had paid the bill, _____ was a lie.
　　A. which　　　　B. that

15. Don't trust anything _____ he said.
　　A. what　　　　　B. that

16. Tell me _____ the teacher said.
　　A. what　　　　　B. which

17. He is handsome. _____ is better, he is rich.
　　A. Which　　　　B. What

18. _____ comes first gets the prize.
　　A. Whoever　　　B. Whatever

19. _____ may happen, I won't leave you.
　　A. Whoever　　　B. Whatever

20. Water is to fish _____ air is to man.
　　A. what　　　　　B. that

TEST 38 詳解

1. **A** 關代代替 the man，在形容詞子句中做 about 的受格，應用 whom 或 that，而限定用法中，關代是受格時可省略。

2. **B** John, **_who_** sits next to me, is the next.
   約翰坐在我隔壁，是下一個。
   形容詞子句有逗點者為補述用法，關代不可用 that。

3. **A** 先行詞中有最高級時，關代要用 that。

4. **B** You're the one **_with whom_** I want to share the news.
   你就是我想要分享這個消息的人。形容詞子句中，關代做 share the news with 的受格，代替人用 whom，關代 that 不可置於介系詞之後。

5. **A** 空格需要關代為主詞，不可直接省略。

6. **B** The girl **_whose_** mother is a teacher is Amy.
   形容詞子句中，「女孩的」媽媽是老師，關代用所有格。

7. **B** I found my bike, **_which_** was lost the other day.
   我找到我的腳踏車，它前幾天被偷了。
   關代前有逗點時，關代不可用 that。

8. **B** 句子前已有 who，為避免重覆，關代不再用 who，用 that。

9. **B** 先行詞中有「人」和「非人」時，關代要用 that。

10. **A** 喬考試考得很好，這使他媽媽很高興。關代代替整件事，先行詞是整件事時，要加逗點，關代只能用 which。

11. **A**　All ***that*** *John needs* is his parents' love.

約翰所需要的是他父母的愛。先行詞是 All，關代要用 that。

12. **B**　The story (***which/that***) *you just told me* is interesting.

你剛剛告訴我的故事很有趣。關代是受格時可省略。

13. **A**　關代前面有逗點時，關代不能用 that。

14. **A**　他說他付過帳了，那是個謊言。

關代代替 he had paid the bill，要用 which。

15. **B**　先行詞是 anything，關代要用 that。

16. **A**　句中缺名詞，做 Tell 的受詞，形容詞子句也需要關代受格，做 said 的受詞，前空後空用複合關代 what。

what 相當於 the thing which。

17. **B**　***what is better***　更好的是，是複合關代 what 的慣用語。

18. **A**　***Whoever*** *comes first* gets the prize.

名詞子句做主詞

第一個來的人可以得到獎品。

Whoever 為複合關代，相當於 Anyone who。

19. **B**　***Whatever*** *may happen*, I won't leave you.

副詞子句

無論可能發生什麼事，我都不會離開你。Whatever 為複合關代，相當於 No matter what，在此引導副詞子句。

20. **A**　*A is to B* $\begin{Bmatrix} what \\ as \end{Bmatrix}$ *C is to D.*　A 之於 B，正如 C 之於 D。

TEST 39

選出一個<u>最正確</u>的答案。

1. I'll wait here _____ he comes.
   A. when   B. until

2. _____ he was sick, he took one day off.
   A. Because   B. Though

3. I'll tell you _____ you ask.
   A. if   B. where

4. Do _____ I told you to.
   A. for   B. as

5. He is so honest _____ that he never lies.
   A. that   B. as

6. _____ you see it, you won't forget.
   A. Before   B. Once

7. _____ he is free, he plays online games.
   A. Whatever   B. Whenever

8. Mark runs _____ Peter.
   A. as fast as   B. as quick as

9. Please speak up _____ we can hear clearly.
   A. in order to   B. so that

10. _____ he failed, he won't give up.

    A. Because   B. Although

11. I'll do _____ you need me to do.

    A. whatever   B. no matter

12. She wouldn't forgive him _____ he apologized.

    A. even   B. even though

13. Tim is outgoing _____ Jeff is shy.

    A. however   B. while

14. You won't make it _____ you leave now.

    A. unless   B. as

15. _____ he is, he still passed the test.

    A. A child as   B. Young as

16. I haven't heard from her _____ we graduated.

    A. since   B. when

17. _____ he heard the news, he jumped with joy.

    A. As long as   B. As soon as

18. He didn't leave _____ she arrived.

    A. until   B. while

19. I'll call you _____ I get home.

    A. because   B. when

20. You should brush your teeth _____ you sleep.

    A. before   B. after

TEST 39 詳解

1. **B** I'll wait here ***until*** he comes. 我會在這裡等到他來。
   until「直到」表「時間」。

2. **A** 因為他生病了，所以他請了一天假。

3. **A** I'll tell you ***if*** you ask. 如果你問，我就告訴你。
   if「如果」表「條件」。

4. **B** Do ***as*** I told you to. 按照我告訴你的去做。
   as「按照；像」表「狀態」。

5. **A** He is *so* honest ***that*** he never lies. 他非常誠實，從不說謊。

   「*so～that* 子句」意思是「如此～以致於…」，that 子句為
   副詞子句，修飾相關修飾語 so。

6. **B** 一旦你看見，你就不會忘記。once「一旦」，表「時間」。

7. **B** ***Whenever*** he is free, he plays online games.
   每當他有空，他就玩線上遊戲。
   whenever「每當」表「時間」。

8. **A** 修飾動詞 run 要用副詞。

9. **B** Please speak up ***so that*** we can hear clearly.
   請大聲說話，我們才聽得清楚。
   so that「以便」表「目的」(= *in order that*)，in order to
   「為了要～」，也表「目的」，但要接原形動詞。

10. **B** Although「雖然」表「讓步」。

11. **A** I'll do **whatever** you need me to do.

名詞子句做受詞

我會做任何你需要我做的事。

whatever 為複合關代，相當於 anything that。

12. **B** 即使他道歉，她也不會原諒他。**even though**「即使」表「讓步」(= though)，even 是副詞。

13. **B** 提姆很外向，而傑夫很害羞。while 置於二個句子中間，意思是「而」，用於「前後對照」。

14. **A** You won't make it **unless** you leave now.
除非你現在出發，否則你會趕不上的。
unless「除非」表「否定條件」(= if…not)。

15. **B** 雖然他很年輕，他還是通過測驗。
as 做「雖然」解，要用倒裝句。Young *as* he is 相當於
Though he is young。若是名詞，則要去掉冠詞。**Child as**
he is 相當於 *Though* he is a child (雖然他是小孩)。

16. **A** 自從我們畢業，我就一直沒有她的消息。
since「自從」表「時間」。

17. **B** 他一聽到這個消息，就高興地跳起來。
as soon as「一～時」表「時間」。

18. **A** 直到她到達他才離開。
not～until…「直到…才～」表「時間」。

19. **B** 當我到家的時候，我會打電話給你。

20. **A** 在你睡覺之前應該要先刷牙。

TEST 40

選出一個<u>最正確</u>的答案。

1. I'm wondering _____ you could help me.
   A. that   B. if

2. It is a pity _____ you can't come.
   A. that   B. whether

3. Tom told me _____ he isn't free tonight.
   A. whether   B. that

4. I'm not sure _____ I can finish the job.
   A. when   B. what

5. _____ he told me is not true.
   A. That   B. What

6. _____ he knows about this or not doesn't matter.
   A. If   B. Whether

7. The gift will be given to _____ arrives first.
   A. whomever   B. whoever

8. Do you know _____ he comes from?
   A. where   B. when

9. _____ the accident happened is unknown.
   A. What   B. How

10. The news _____ she killed herself made us cry.
    A. that　　　　　　　B. what

11. I am glad _____ you came to visit me.
    A. X　　　　　　　　B. at that

12. We wonder _____ she would say so.
    A. why　　　　　　　B. what

13. _____ is done is done.
    A. Whether　　　　　B. What

14. You can choose _____ you like.
    A. whichever　　　　B. which

15. It is impossible _____ he'll agree to the plan.
    A. that　　　　　　　B. if

16. Now I realize _____ my mother loves me.
    A. very much　　　　B. how much

17. I can't decide _____ I should accept it or not.
    A. whether　　　　　B. if

18. Joan asked me _____ she could join us.
    A. if　　　　　　　　B. that

19. The problem is _____ we don't have enough time.
    A. what　　　　　　　B. that

20. He said he had eaten and _____ he wasn't hungry.
    A. that　　　　　　　B. if

TEST 40 詳解

1. **B** 我想知道你是否能幫我。

   if 做「是否」解，引導名詞子句，做 wondering 的受詞。

2. **A** It is a pity ***that*** *you can't come.* 很可惜你不能來。

   that 子句是真正主詞，沒有疑問語氣，用 It 做虛主詞。

3. **B** 湯姆告訴我他今晚沒空。

   that 子句做 told 的受詞，沒有疑問語氣。

4. **A** 我不確定我何時能完成工作。

   when 引導名詞子句，做 be sure (of) 的受詞。

5. **B** 他告訴我的不是真的。

   What 是複合關代，引導名詞子句做主詞。

6. **B** ***Whether*** *he knows about this or not* doesn't matter.

   ———— 名詞子句做主詞 ————

   他是否知道這件事不重要。Whether 做「是否」解，可和 or not 連用，可置於句首，而 If 不可以。

7. **B** The gift will be given to ***whoever*** *arrives first.*

   名詞子句做 to 的受詞

   這個禮物要送給第一個到達的人。whoever 為複合關代，相當於 anyone who，在名詞子句中做主詞，故用主格。

8. **A** where 引導名詞子句，做 know 的分詞。

9. **B** ***How*** *the accident happened* is unknown.

   ——— 名詞子句做主詞 ———

   這場意外是如何發生的沒有人知道。

   How「如何」引導名詞子句。

10. **A** The news ***that*** *she killed herself* made us cry.
她自殺這個消息使我們都哭了。
that 子句做 The news 的同位語，是名詞子句。

11. **A** 本句原為：I am glad that...，在 glad 之後的連接詞 that 可省略。

12. **A** why 引導名詞子句，做 wonder 的受詞。

13. **B** ***What*** *is done* is done. 【諺】木已成舟；覆水難收。
　　　 主詞 　　 動詞
What 是複合關代，相當於 The thing which。

14. **A** 你可以選擇任何一個你喜歡的。
whichever 是複合關代，which 是關代，需要先行詞。

15. **A** 他不可能同意這個計畫。
that 子句為名詞子句，做真正主詞，It 是虛主詞。

16. **B** Now I realize ***how much*** *my mother loves me.*
　　　　　　　　　　名詞子句做受詞
現在我了解我的媽媽有多麼愛我。

17. **A** 我無法決定我是否應該接受它。
whether「是否」可以和 or not 連用，if 不可以。

18. **A** if 做「是否」解，引導名詞子句，做 asked 的受詞。

19. **B** that 引導名詞子句，做 is 後的主詞補語，沒有疑問語氣。

20. **A** He said (*that*) *he had eaten* **and *that*** *he wasn't hungry.*
他說他吃過了，他不餓。兩個 that 子句都做 said 的受詞，
第一個 that 可省略，第二個 that 不可省略。

TEST 41

選出一個<u>最正確</u>的答案。

1. I read a book _____ title I don't remember.
   A. which   B. whose

2. I met John, _____ was my classmate in college.
   A. that   B. who

3. He sold the house _____ he bought last year.
   A. which   B. where

4. This is the cafe _____ I first met May.
   A. where   B. that

5. Give the prize to the one _____ you think is best.
   A. who   B. whom

6. He won't tell us the reason _____ he did so.
   A. why   B. which

7. The day _____ your dream comes true is coming.
   A. when   B. which

8. He tried to escape, _____ was impossible.
   A. it   B. which

9. _____ was usual, she was late again.
   A. As   B. Which

10. Show me _____ you solved the math problem.
    A. the way how   B. how

11. Take me to the hospital _____ he is staying.
    A. at which   B. which

12. I need a tutor _____ teaches math well.
    A. which   B. who

13. There is no mother _____ loves her child.
    A. that   B. but

14. He chose a book _____ many pictures inside.
    A. which has   B. that have

15. John is the man _____ I went to the party.
    A. who   B. with whom

16. I don't like _____ he speaks.
    A. the way   B. the way how

17. She is the only one _____ cares about me.
    A. who   B. that

18. Thank you for everything _____ you did for me.
    A. which   B. that

19. He bought the same book _____ you did.
    A. which   B. as

20. It's my favorite place, _____ I always have fun.
    A. where   B. that

TEST 41 詳解

1. **B** I read a book _**whose** title I don't remember._
   我讀了一本我不記得書名的書。
   形容詞子句，關代指的「這本書的」書名，故用所有格。

2. **B** who 引導補述用法的形容詞子句，修飾 John。空格前有逗
   點，不能用 that。

3. **A** 形容詞子句中，the house 是 bought 的受詞，故關代用受
   格 which，也可省略。

4. **A** 形容詞子句缺少的是地方副詞，故應填關係副詞 where。

5. **A** Give the prize to the one _**who** you think **is** best._
   　　　　　　　　　　　　S.　插入　V.
   把這個獎品給你認為最好的那個人。
   形容詞子句中，you think 是插入語，故關代用主格。

6. **A** 先行詞是 the reason，關係副詞用 why。

7. **A** The day _**when** your dream comes true_ is coming.
   你的夢想實現的那一天即將來臨。
   關係副詞 when 表「時間」。

8. **B** 他企圖逃跑，那是不可能的。
   先行詞是整件事，關代用 which。

9. **A** 如往常一般，她又遲到了。
   As 在此是準關代，和 which 一樣可代替整件事 she was
   late again，但 As 可以放在句首，which 不可以。

10. **B**　請示範給我看你如何解這個數學問題。先行詞 the way 和關係副詞 how 表「方法」，不能同時使用，只能擇一使用。

11. **A**　Take me to the hospital *at **which** he is staying.*
　　帶我去他住的那間醫院。關係副詞 where 可寫成「介 + 關代」，「在醫院」是 ***at*** the hospital，故用 at which。

12. **B**　我需要一位數學教得很好的家教。
　　tutor「家教」是人，關代用 who，在形容詞子句中做主詞。

13. **B**　There is no mother ***but** loves her child.*
　　沒有媽媽不愛小孩。but 為準關代，為否定用法，相當於 that ... not，和先行詞形成「雙重否定」。

14. **A**　關代是單數或複數，取決於先行詞。

15. **B**　形容詞子句中，依句意是 I went to the party ***with*** the man，故用 with whom。

16. **A**　我不喜歡他說話的方式。the way 和 how 表示「…的方式」，the way 和 how 不能同時使用。

17. **B**　先行詞中有 the only，關代要用 that。

18. **B**　Thank you for everything ***that** you did for me.*
　　感謝你為我做的一切。先行詞是 everything，關代要用 that。

19. **B**　他買了和你買的一樣的書。先行詞中有 the same 時，用準關代 as，表示「相同種類」。

20. **A**　這是我最喜歡的地方，在這裡我總是很愉快。
　　空格缺關係副詞，表「地方」用 where。

TEST 42

選出一個<u>最正確</u>的答案。

1. The dress looks beautiful. May I try _____?
   A. on it   B. it on

2. She went to Japan with a view _____ Japanese.
   A. to study   B. to studying

3. My grandpa is a man _____ wisdom.
   A. with   B. of

4. Tom is known _____ his good looks.
   A. for   B. as

5. Call 119 _____ emergency.
   A. in case   B. in case of

6. I'm looking forward _____ your reply.
   A. to getting   B. to get

7. Tim used _____ next to my house.
   A. to living   B. to live

8. This item should be handled _____ care.
   A. of   B. with

9. _____ your hat, hers looks more colorful.
   A. Comparing with   B. Compared with

10. They went in _____ the missing child.
    A. search of　　　　B. search for

11. The elevator is _____ order.
    A. out of　　　　B. out

12. Helen is very _____ reading.
    A. fond of　　　　B. enjoy

13. They often stay at _____ houses.
    A. each other　　　　B. each other's

14. On his _____ school, he saw an accident.
    A. way to　　　　B. way at

15. John is looking _____ his little brother.
    A. angry at　　　　B. angrily at

16. Dad washes his car every _____.
    A. other weeks　　　　B. other week

17. I don't know _____ turn to.
    A. who should　　　　B. who to

18. _____ brief, you don't have to worry.
    A. To be　　　　B. Being

19. He has difficulty _____ names.
    A. remembering　　　　B. remember

20. You can do nothing but _____.
    A. to wait　　　　B. wait

TEST 43

選出一個<u>最正確</u>的答案。

1. Never _____ heard such a thing.
   A. have I   B. I have

2. On the table _____ an English novel.
   A. has   B. is

3. Only by doing so _____ succeed.
   A. you will   B. will you

4. When _____ the question, he didn't say anything.
   A. asked   B. is asked

5. I walk or take the MRT _____ possible.
   A. when is   B. whenever

6. Not until noon _____ leave school.
   A. did she   B. she will

7. _____ he worked, he still failed.
   A. As hard   B. Hard as

8. _____ you, I wouldn't say such a thing.
   A. Were I   B. I were

9. _____ the last train.
   A. That goes   B. There goes

10. Hi, Tom. Here _____.
    A. are you   B. you are

11. Look! _____ a bird.
    A. Away flies   B. Fly away

12. He is the man _____ should get the prize.
    A. we think he   B. who we think

13. So crowded _____ that I couldn't get on.
    A. was the bus   B. the bus was

14. _____ me. I don't know the answer.
    A. Beats   B. Beat

15. This is _____ science in the kitchen.
    A. what call   B. what we call

16. On his left _____ his girlfriend.
    A. stands up   B. stands

17. _____ he is, he did the work well.
    A. A child as   B. Child though

18. Little _____ that he had made a big mistake.
    A. did he know   B. he knew

19. _____ it rain tomorrow, I won't go out.
    A. Should   B. If

20. What a genius _____!
    A. is he   B. he is

TEST 42 詳解

1. **B** try on「試穿」，代名詞 it 應放在 try 和 on 中間。
   May I try *it on*? (我可以試穿它嗎？)
   May I try on the dress? (我可以試穿這件衣服嗎？)

2. **B** *with a view to + V-ing* 目的是為了
   = in order to + V.

3. **B** of + 抽象名詞 = 形容詞
   a man *of* wisdom 有智慧的人 (= *a wise man*)
   a man of intelligence 聰明人 (= *an intelligent man*)

4. **A** be known *for* 因…而有名
   be known as 以…身份而有名

5. **B** in case 如果 (= *if*)【為連接詞，接子句】
   in case of + N. 在…情況下

6. **A** *look forward to* + N. / V-ing 期待

7. **B** *used to* + *V*. 以前
   be used to + V-ing 習慣於

8. **B** *with care* 小心地 (= *carefully*)

9. **B** *Compared with* your hat, ….
   = *If it is* compared with your hat, ….

10. **A** *go in search of* 去尋找
    = search for

11. **A** *out of order* 故障 (= *broken*)

12. **A** *be fond of* 喜歡 (= *enjoy*)

13. **B** *each other's* houses 彼此的房子

14. **A**　On his ***way to school,*** …. 在他上學途中，…

15. **B**　looking *angrily* at　生氣地看著

16. **B**　***every othe week***　每隔一週

17. **B**　***who to*** turn to　該向誰求助
　　　= who ***I*** should turn to

18. **A**　***to be brief*** (簡言之) 為獨立不定詞片語，與句子其他部份
　　　文法無關連。

19. **A**　***have difficulty*** (in) + ***V-ing***　做…有困難

20. **B**　***do nothing but*** + ***V.*** 只能…

TEST 43 詳解

1. **A**　Never <u>have I</u> heard …. = I have never heard ….

2. **B**　= An English novel ***is*** on the table. 因加強語氣而倒裝。

3. **B**　*Only by doing so **will you** succeed.*
　　　Only + 副詞片語置於句首，助動詞須移至主詞前倒裝。

4. **A**　When (he was) ***asked*** the question, ….

5. **B**　… ***whenever*** (it is) possible.

6. **A**　Not until 置於句首，助動詞放在主詞前面倒裝。
　　　*Not until noon **did she** leave school.*

7. **B** *Hard as* he worked, …. = Although he worked hard, ….

8. **A** *Were I* you = If I were you

9. **B** *There goes* the last train.（最後一班火車走了。）
（ = *The last train is going now.* ）

10. **B** *Here you are.* 拿去吧。(= *Here it is.*)

11. **A** *Away flies* a bird. = A bird flies away.

12. **B** He is the man *who* (*we think*) should get the prize.
we think 是插入語，故關代用主格。

13. **A** So crowded *was the bus* that ….
= The bus was so crowded that ….

14. **A** *Beats me.* = It beats me.（我不知道。）

15. **B** *what we call*（所謂的）是插入語。

16. **B** = His girlfriend *stands* on his left. 加強語氣而倒裝。

17. **B** *Child though* he is, …. = Child as he is, ….
= Although he is a child, ….
though 和 as 在第二個字，作「雖然」解時，前面名詞不可加冠詞。

18. **A** Little *did he know* that …. 他一點都不知道
否定副詞放在句首，助動詞放在主詞前倒裝。

19. **A** *Should* it rain tomorrow, …. 萬一明天下雨…
= If it should rain tomorrow, ….

20. **B** What a genius *he is*!（他真是個天才！）
感嘆句的組成，是由 What + 名詞 + 主詞 + 動詞！

TEST 44

選出一個<u>最正確</u>的答案。

1. Part of the work _____ done.
   A. were   B. has been

2. A number of students _____ absent today.
   A. was   B. were

3. Neither of them _____ against the plan.
   A. is   B. are

4. Neither she nor her sisters _____ arrived yet.
   A. has   B. have

5. Physics _____ a very difficult subject for me.
   A. are   B. is

6. No news _____ good news.
   A. is   B. are

7. The class _____ made up of 30 students.
   A. is   B. are

8. The rest of the milk _____ kept in the fridge.
   A. are   B. is

9. 10 thousands dollars _____ too much for me.
   A. is   B. are

10. My topic _____ the advantages of the Internet.
   A. are   B. is

11. The police _____ found a witness to the accident.
   A. have   B. has

12. The cup and saucer _____ expensive.
   A. seem   B. seems

13. The teacher as well as her students _____ happy.
   A. is   B. are

14. Eating a variety of foods _____ important.
   A. are   B. is

15. The valuables in the safe _____ stolen.
   A. were   B. was

16. Either you or he _____ to leave.
   A. has   B. have

17. Where she comes from _____ kept secret.
   A. are   B. is

18. This pair of jeans _____ too large for me.
   A. is   B. are

19. The United Nations _____ founded in 1945.
   A. were   B. was

20. The number of sick people _____ increased.
   A. has   B. have

TEST 45

選出一個<u>最正確</u>的答案。

1. Don't leave the water _____.
   A. running　　　　　B. run

2. An earthquake _____ last night.
   A. was occurred　　B. occurred

3. Mom bought a new tie _____ Daddy.
   A. for　　　　　　　B. to

4. You look _____ in this dress.
   A. beautifully　　　B. beautiful

5. They named the boy _____ after his uncle.
   A. Ken　　　　　　　B. be Ken

6. Your story sounds _____.
   A. reasonable　　　B. reasonably

7. He remained _____ in the discussion.
   A. silent　　　　　　B. silence

8. The leaves on the tree are turning _____.
   A. yellow　　　　　B. yellowed

9. The baby fell _____ soon.
   A. sleepy　　　　　B. asleep

10. He had Joe _____ out the file.
    A. print   B. to print

11. What _____ you think so?
    A. caused   B. made

12. I find it _____ to communicate with him.
    A. hard   B. hardly

13. Someone was _____ the door.
    A. knocking   B. knocking on

14. Would you do _____ a favor?
    A. me   B. to me

15. This movie made her _____.
    A. to be a star   B. a star

16. I informed him _____ the change.
    A. of   B. for

17. He _____ New York, his destination.
    A. left   B. left for

18. Mr. Chen punished Dave _____ cheating.
    A. by   B. for

19. Mother made these cookies _____ us.
    A. to   B. for

20. I never heard him _____ such words.
    A. say   B. to say

TEST 44　詳解

1. **B**　Part *of the work **has been*** done.
　　work 是不可數名詞，爲單數，動詞用單數。

2. **B**　***a number of***　幾個（＝ *several* ），幾個學生爲複數。

3. **A**　Neither *of them **is*** ….
　　neither 當主詞，動詞用單數。

4. **B**　neither A nor B（既不 A，也不 B）動詞和 B 一致。

5. **B**　physics（物理學）看似複數，事實上是單數。

6. **A**　No news *is* good news.　【諺】沒消息就是好消息。
　　news 看似複數，事實上是單數。

7. **A**　The class（這個班級）是集合名詞，視爲單數。

8. **B**　The rest *of the milk **is***…. milk 是單數，動詞用單數。

9. **A**　10 thousands dollars *is* too much for me.
　　＝ The sum of 10 thousand dollars is ….
　　表示一個數目，用單數動詞。

10. **B**　主詞 topic 是單數，動詞用單數。

11. **A**　the police（警方；警察們）看似單數，事實上是複數。

12. **B**　the cup and saucer（杯和碟）是一組，動詞用單數。

13. **A**　A as well as B（A 和 B 一樣）重點在 A，動詞和 A 一致。

14. **B**　動名詞當主詞，動詞用單數。

15. **A** The valuables *in the safe* **were** stolen. (保險箱的貴重物品被偷了。) The valuables 是複數，動詞用複數。

16. **A** 對等連接詞 either…or 連接兩個名詞，動詞和最接近的一致。

17. **B** <u>Where she comes from</u> *is*…. 名詞子句當主詞，動詞用單數。
名 詞 子 句

18. **A** This pair of jeans (這條牛仔褲) 意義上是單數，動詞用單數。

19. **B** the United Nations (聯合國) 看似複數，事實上是單數。

20. **A** The number *of sick people* **has** increased. (病人的數目增加了。) number 是單數，動詞用單數。

TEST 45 詳解

1. **A** leave the water *running* (任由水一直流)
leave (任由) 加受詞後，加現在分詞表「主動」。

2. **B** 地震「發生」爲主動。

3. **A** *buy sth. for sb.* 買某物給某人

4. **B** 連綴動詞 look (看起來) 須接形容詞。

5. **A** named the boy <u>Ken</u> (把那男孩取名爲 Ken)
name A *after* B 以 B 的名字替 A 命名

6. **A** 連綴動詞 sound (聽起來) 須接形容詞。

7. **A** remain（保持）須接形容詞。
remain silent 保持沈默（ = *stay silent* ）

8. **A** turn（變成）須接形容詞。

9. **B** *fall asleep* 睡著了

10. **A** 使役動詞 had（使；叫）接受詞後，接原形動詞表「主動」。
print out the file 列印出檔案

11. **B** 使役動詞 made（使）接受詞後，接原形動詞表「主動」。
cause sb. to V. 使某人…

12. **A** I find it *hard* to....（我覺得很難…）
find 作「覺得」解時，接受詞後，須接形容詞做受詞補語。

13. **B** *knock on* the door 敲門

14. **A** do *me* a favor 幫我一個忙（ = *do a favor for me* ）

15. **B** make her *a star* 使她成為明星
make（使成為）接受詞後，直接接受詞補語。

16. **A** *inform sb. of* sth. 通知某人某事

17. **B** leave 是「離開」，*leave for* 是「動身前往」。
destination〔͵dɛstə'neʃən〕*n.* 目的地

18. **B** *punish sb. for* sth. 為了某事處罰某人
cheat〔tʃit〕*v.* 欺騙；作弊

19. **B** *make* sth. *for* sb. 做了某物給某人

20. **A** 感官動詞 heard 接受詞後，接原形動詞表「主動」。

TEST 46

選出一個<u>最正確</u>的答案。

1. Only half of them agreed; _____ half said no.
   A. other
   B. the other

2. Not you _____ he was invited.
   A. but
   B. but also

3. Some enjoy pasta while _____ love sushi.
   A. others
   B. the other

4. To know is one thing but to teach is _____.
   A. another
   B. the other

5. _____ Tom and Joe have read the book twice.
   A. Not
   B. Both

6. Not only Tina _____ also her brothers are singers.
   A. but
   B. and

7. Of the two plans, I prefer the former to _____.
   A. latter
   B. the latter

8. I can neither read _____ write Korean.
   A. nor
   B. nor can

9. It is true that he is old, _____ he is still attractive.
   A. and
   B. but

10. She has a book in one hand and a bag in _____.
   A. the other　　　　B. another

11. Only three of them are boys and _____ are girls.
   A. the others　　　　B. others

12. The novel is _____ interesting but also exciting.
   A. not　　　　B. not just

13. You can drink either tea _____ coffee.
   A. or　　　　B. nor

14. The more you eat, _____ you'll get.
   A. the fatter　　　　B. fatter

15. I don't like this one. Show me _____.
   A. other　　　　B. another

16. They chose two boys. One is Pat and _____ Tim.
   A. other　　　　B. the other

17. Some people are more talented than _____.
   A. others　　　　B. another

18. I'll finish the job one way or _____.
   A. the other　　　　B. another

19. I found one glove but I didn't find _____.
   A. the other　　　　B. another

20. That is _____ a pencil but a pen.
   A. not only　　　　B. not

TEST 46 詳解

1. **B** 兩者的另一個用 *the other*。

2. **A** *not* A *but* B 不是 A，而是 B

3. **A** *some…others* 有些…有些
   pasta〔ˋpɑstə〕*n.* 義大利麵　　sushi〔ˋsusɪ〕*n.* 壽司

4. **A** *…is one thing ~ is another* …是一回事，~ 又是另一回事

5. **B** Both A and B + 複數動詞（A 和 B 兩者都…）

6. **A** *not only…but also* 不僅…而且

7. **B** *the former*（前者）*…the latter*（後者）

8. **A** *neither* A *nor* B 既不 A，也不 B　　Korean〔kəˋriən〕*n.* 韓語

9. **B** 前後句意有轉折，故用 but（但是）。
   attractive〔əˋtræktɪv〕*adj.* 有吸引力的

10. **A** 兩者的另一個，用 *the other*。
    三者（以上）的另一個，才用 another。

11. **A** *the others* 其餘的人或物　　others 別人；有些人

12. **B** *not just…but also* 不僅…而且（= *not only…but also*）

13. **A** *either* A *or* B A 或 B；不是 A，就是 B

14. **A** 「the + 比較級…the + 比較級」表「越…就越 ~」。

15. **B** 表「另一個」，用 *another*。而 other（其他的）是形容詞。

16. **B** 兩者的另一個，用 *the other*。

17. **A** some…*others* 有些…有些
    some people…*others* 有些人…其他人

18. **B** *one way or another* 以某種方式

19. **A** glove〔glʌv〕*n.* 手套 通常是一雙，而兩者的另一個，
    用 *the other*。

20. **B** *not* A *but* B 不是 A，而是 B

TEST 47

選出一個<u>最正確</u>的答案。

1. A dictionary is _____ useful thing.
   A. a　　　　　　　　　B. an

2. Mr. Green is _____ honest man.
   A. a　　　　　　　　　B. an

3. There are three _____ in our class.
   A. Chang　　　　　　　B. Changs

4. Maggie is _____ taller of the two sisters.
   A. the　　　　　　　　B. X

5. The part-time worker is paid _____ hour.
   A. by the　　　　　　　B. by an

6. _____ United States is a huge country.
   A. X　　　　　　　　　B. The

7. He usually plays _____ after class.
   A. basketball　　　　　B. the basketball

8. They are walking _____ by the lake.
   A. a hand in a hand　　B. hand in hand

9. They went to Taichung _____.
   A. by train　　　　　　B. by the train

10. He was elected _____ of the city.
    A. mayor   B. a mayor

11. _____ is made from grapes.
    A. A wine   B. Wine

12. My father gave me _____ advice.
    A. an   B. some

13. Greg goes to _____ every Sunday.
    A. church   B. churches

14. Don't make _____ mistake again.
    A. a same   B. the same

15. Her mother kissed her _____ cheek.
    A. on the   B. on

16. Birds of _____ feather flock together.
    A. a   B. the

17. _____ can't be bought with money.
    A. Happiness   B. A happiness

18. _____ we are going to be late.
    A. The chance is   B. The chances are

19. The trip to Japan seems out of _____.
    A. the question   B. a question

20. I saw a temple in _____ distance.
    A. a   B. the

TEST 47 詳解

1. **A** useful〔'jusfəl〕是子音開頭的字，冠詞用 a。

2. **B** honest〔'ɑnɪst〕是母音開頭的字，冠詞用 an。

3. **B** There are three *Changs* ….（有三個姓張的人）

4. **A** 兩個姐妹中較高的「那個」，有指定，須用定冠詞 the。

5. **A** 「*by the* + 單位」表「按…計」。

6. **B** *the United States* 美國　　huge〔hjudʒ〕*adj.* 巨大的

7. **A** 「play + 運動名詞」，不加 the。

8. **B** *hand in hand* 手牽手，兩個名詞都不加冠詞。

9. **A** 「by + 交通工具」，表「搭乘…」，不加 the。

10. **A** 「be elected + 補語」，表「被選為…」，不須加冠詞。
mayor〔'meɚ〕*n.* 市長

11. **B** wine〔waɪn〕*n.* 葡萄酒是物質名詞，不加冠詞。

12. **B** advice（勸告）是抽象名詞，不可數，可用 some 修飾，但
不可加冠詞 a。只能說成：a piece of advice（一個勸告）。

13. **A** *go to church* 上教堂

14. **B** 「the same + 名詞」，表「同樣的…」。

15. **A** 「kiss *sb. on the* + 部位」，表「親吻某人的…」。

16. **A** Birds of *a* feather flock together. 【諺】同種羽毛的鳥會聚
在一起；物以類聚。a 在此等於 the same。

17. **A** happiness（快樂）是抽象名詞，不可數。

18. **B** *The chances are* …. 很可能…（= *Chances are...* ）

19. **A** *out of the question* 不可能

20. **B** *in the distance* 在遠方　　temple〔'tɛmpļ〕*n.* 寺廟

TEST 48

選出一個<u>最正確</u>的答案。

1. Tom invited you to come, _____?
   A. didn't you   B. didn't he

2. I have told you that twice, _____?
   A. haven't I   B. did I

3. John put the book on the sofa, _____?
   A. didn't he   B. doesn't he

4. There will be a concert tomorrow, _____?
   A. won't there   B. won't it

5. Mrs. Smith seldom takes the MRT, _____?
   A. doesn't she   B. does she

6. Let's go for a walk, _____?
   A. shall we   B. will you

7. Let us go for a swim, _____?
   A. shall we   B. will you

8. He has to get up early every day, _____?
   A. hasn't he   B. doesn't he

9. I think he is an excellent singer, _____?
   A. do I   B. isn't he

10. Please pass me the salt, _____?
    A. will you   B. shall we

11. Don't be late, _____?
    A. will you   B. won't you

12. Let's meet in front of the theater, _____?
    A. will you   B. shall we

13. Everyone sometimes makes a mistake _____?
    A. doesn't he   B. don't they

14. This is the tastiest cake I've ever had, _____?
    A. is it   B. isn't it

15. He used to work here, _____?
    A. didn't he   B. used he

16. There was little rain last year _____?
    A. was there   B. wasn't there

17. They didn't know each other, _____?
    A. did they   B. didn't they

18. She can't drive a car, _____?
    A. can't she   B. can she

19. You shouldn't be there, _____ ?
    A. should you   B. aren't you

20. I don't think you are right, _____?
    A. don't you   B. aren't you

TEST 49

選出一個<u>最正確</u>的答案。

1. The accident happened _____ a rainy night.
   A. at   B. on

2. The price of gas has risen _____ 2 percent.
   A. by   B. to

3. _____ English, he can speak a little Japanese.
   A. Besides   B. Beside

4. The heavy rain stopped us _____ going out.
   A. by   B. from

5. Do you know the lady _____ white?
   A. in   B. on

6. This photo reminds me _____ the happy memory.
   A. about   B. of

7. Children _____ 10 can enter for free.
   A. under   B. down

8. _____ her surprise, her dad appeared.
   A. For   B. To

9. Can you think of a solution _____ the problem?
   A. of   B. to

10. He usually sleeps _____ the light on.
   A. as   B. with

11. Willy had a fight _____ his brother.
   A. with   B. to

12. She got married _____ the age of 28.
   A. on   B. at

13. He signed his name _____ a black pen.
   A. with   B. by

14. She finished the task _____ working with Joe.
   A. with   B. by

15. I have studied English _____ years.
   A. since   B. for

16. Everyone praised him _____ his bravery.
   A. for   B. because

17. Mr. Wang works _____ morning till night.
   A. in   B. from

18. It is impossible _____ him to do it by himself.
   A. of   B. for

19. I met Mary _____ her way to school.
   A. in   B. on

20. _____ all subjects, I like history best.
   A. With   B. Of

TEST 50

選出一個<u>最正確</u>的答案。

1. Today John got up _____ than before.
   A. earlier   B. more earlier

2. This plan is _____ than the first one.
   A. far better   B. far more better

3. My sister is three years junior _____ me.
   A. than   B. to

4. He runs faster than _____ boy in his class.
   A. any other   B. any

5. She is one of _____ girls in her school.
   A. the tallest   B. taller

6. Jenny is less _____ than Julie.
   A. smarter   B. smart

7. She has _____ work as I do.
   A. as a lot of   B. as much

8. Have you heard about the _____ news?
   A. later   B. latest

9. The weather is getting _____.
   A. colder and colder   B. more and more colder

10. You'll make it sooner or _____.
    A. later   B. latter

11. Victor is the _____ child in my family.
    A. youngest   B. younger

12. Anne is _____ of the two girls.
    A. prettier   B. the prettier

13. Diamond is _____ of all natural materials.
    A. the hardest   B. the harder

14. Grammar is _____ part of English.
    A. least interesting   B. the least interesting

15. This house is _____ than that one.
    A. very larger   B. much larger

16. I prefer coffee _____ tea.
    A. to   B. than

17. We are _____ glad to help you.
    A. more than   B. better than

18. I have _____ toys than he does.
    A. less   B. fewer

19. I tried to eat _____ because I think I am fat.
    A. less   B. fewer

20. The more you read, _____ knowledge you'll get.
    A. the more   B. more

TEST 48 詳解

1. **B** 前面是 Tom invited，句尾附加句用 didn't he。

2. **A** 前面是 I have told，句尾附加句用 haven't I。

3. **A** 前面是 John put，句尾附加句用 didn't he。

4. **A** 前面是 There will be，句尾附加句用 won't there。

5. **B** 前面是有否定意味的 seldom takes (很少搭)，句尾附加句須用肯定 does she。

6. **A** Let's 後面的句尾附加句，用 shall we 表「提議」，shall we 是 shall we go 的省略。

7. **B** Let us 後面的句尾附加句須用 will you，表「請求」，在此是 will you let us go 的省略。

8. **B** He has to 的否定是 He doesn't have to，故句尾附加句應用 *doesn't he*，是 doesn't he have to 的省略。

9. **B** 主要思想是「他是個優秀的歌手」，前面肯定，後面用否定，*isn't he?* 是 isn't he an excellent singer? 的省略。

10. **A** 肯定祈使句後，表「請求」，用 will you?，表「邀請；勸誘」，用 won't you?。

11. **A** 否定祈使句之後，表「請求」，只能用 *will you?*

12. **B** Let's 後面的句尾附加句用 *shall we?*

13. **B** nobody, none, no one, anybody, anyone, everybody, *everyone* 等不定代名詞做主詞時，其附加問句通常用 *they* 做主詞。

14. **B** 前面是肯定句，句尾附加句須用否定。
    tasty〔'testɪ〕*adj.* 好吃的

15. **A** He used to work.... 的句尾附加句須用 *usedn't he?* 或
　　　 didn't he?

16. **A** There was little rain 中的 little（很少，少到幾乎沒有）
　　　 是帶有否定意味的形容詞，故句尾附加句須用肯定的
　　　 was there?

17. **A** 前面是否定句，句尾附加句須用肯定。

18. **B** 前面是否定句，句尾附加句須用肯定。

19. **A** 前面是否定句，句尾附加句須用肯定。

20. **B** 主要思想是「你是對的」，句尾附加句須用 *aren't you?* 是
　　　 aren't you right? 的省略。

TEST 49　詳解

1. **B** on + 特定日子的早、午、晚。

2. **A** 表「差距」，用 by。　　gas〔gæs〕*n.* 汽油
　　　 rise〔raɪz〕*v.* 上升

3. **A** *besides* *prep.* 除了…之外（還有）（= *in addition to* ）
　　　 beside *prep.* 在…旁邊

4. **B** *prevent/stop/keep sb. from* V-ing　使某人無法…
　　　 heavy rain　大雨

5. **A** *in* 表「穿著…衣服」。

6. **B** *remind sb. of sth.*　提醒某人某事；使某人想起某事
　　　 memory〔ˈmɛmərɪ〕*n.* 回憶

7. **A** *under* 10　在 10 歲以下
　　　 down（在下面）是副詞。　　*for free*　免費

8. **B** 「to *one's* + 情感名詞」表「令某人感到…的是」。
    to her surprise 令她感到驚訝的是

9. **B** solution〔sə'luʃən〕*n.* 解決之道
    a solution to …的解決之道

10. **B** 表「附帶狀態」，介系詞用 with。   on〔ɑn〕*adj.* 開著的

11. **A** ***have a fight with*** 和…吵架；和…打架

12. **B** ***at the age of*** 在…歲時

13. **A** 「用」黑筆，介系詞用 with。

14. **B** 表「藉由…方法」，介系詞用 by。

15. **B** 表「持續（多久）」，介系詞用 for。

16. **A** 表「因為…」，可用「*for* + 名詞」，或「because +子句」。

17. **B** ***from*** morning till night 從早到晚

18. **B** It is impossible *for sb.* to V. 某人不可能…

19. **B** ***on one's way to school*** 在某人上學途中

20. **B** 表「在所有的…當中」，介系詞可用 *of* 或 *among*。

TEST 50　詳解

1. **A** early 的比較級是 *earlier*（較早）。

2. **A** much, even, still, far 可修飾比較級，而 good 的比較級
    是 better，不是 *more better*（誤）。

3. **B** be junior *to* 比…年輕   be senior *to* 比…年長

4. **A** 他比班上「任何其他的同學跑得快」，比較時，須將自己排
    除在外，故用 *any other*。

5. **A**　one of *the tallest* girls　最高的女孩之一

6. **B**　「less + 原級形容詞 + than…」，表「比…不～」。

7. **B**　*as much…as*　和～一樣多的…

8. **B**　「最新的」消息，用 *latest*。
　　later〔'letɚ〕*adj.* 較晚的；較遲的

9. **A**　「比較級 + and + 比較級」表「越來越…」。
　　colder and colder 越來越冷　　hotter and hotter 越來越熱

10. **A**　*sooner or later* 遲早　　*make it* 成功；辦到

11. **A**　the + 最高級；the youngest（最年幼的）。

12. **B**　「兩者中較…的那個」，用「the + 比較級」。
　　the prettier 較漂亮的那個

13. **A**　鑽石是所有天然物質中「最堅硬的」，用最高級 *the hardest*。
　　diamond〔'daɪmənd〕*n.* 鑽石
　　material〔mə'tɪrɪəl〕*n.* 物質

14. **B**　表「最不」，用 *the least*。　　grammar〔'græmɚ〕*n.* 文法

15. **B**　副詞 much, even, still, far 可用來修飾比較級。
　　much larger 大很多

16. **A**　*prefer A to B* 喜歡 A 甚於 B

17. **A**　*more than* 非常　　*more than glad* 非常高興

18. **B**　toys 為複數可數名詞，較多用 more，較少用 *fewer*。

19. **A**　修飾動詞，須用副詞 *less*。　　*eat less* 少吃
　　fewer（較少的）是形容詞。

20. **A**　「the + 比較級，the + 比較級」表「越…就越～」。

全眞試題演練

做完極簡文法，再做「全眞文法450題詳解」，輕鬆愉快。

1. On my way to school each day, I generally _____ many dogs and cats.
   A. were seeing   B. am seeing
   C. see   D. was seen   【明治大】

2. Water _____ at a temperature of 100 degrees centigrade.
   A. boils   B. is boiling
   C. was boiling   D. used to boil   【上智大】

3. She _____ to the U.S. three times when she was a college student.
   A. went   B. would go
   C. used to go   D. has gone   【松山大】

4. I have no idea when he _____ again.
   A. come   B. has come
   C. coming   D. will come   【玉川大】

5. I _____ lunch at the moment. Can you come back later?
   A. had   B. have had
   C. am having   D. had had   【松山大】

6. They _____ at Narita tomorrow.

    A. arrived

    B. are arriving

    C. is going to arrive

    D. will be arrived　　　【東北學院大】

7. When it began to rain, the girls _____ outside.

    A. will play

    B. are playing

    C. were playing

    D. have played　　　　　【鹿兒島國際大】

8. I don't think I can meet you at six tomorrow night.

    _____

    A. I'll still be working

    B. I'll still work

    C. I'm still at work

    D. I'm still working　　　　【セ試】

9. My brother _____ his company's basketball team.

    A. is belonging

    B. is belonging to

    C. belongs to

    D. belongs　　　　　　　【桃山學院大】

全真試題詳解

1. **C** *On my way to school each day*, I *generally* <u>see</u> many dogs and cats. 我每天上學途中，我通常<u>看到</u>很多狗和貓。

表示現在的習慣，用「現在式」。

2. **A** Water <u>boils</u> *at a temperature of 100 degrees centigrade.*

水在攝氏 100 度時<u>沸騰</u>。

表示不變的真理，用「現在式」。

degree 作「度數」解，通常是複數形，即使是「零度」，也說成 zero degrees。

3. **A** She <u>went</u> to the U.S. *three times **when** she was a college*

student. 她唸大學時<u>去過</u>美國三次。

凡是過去某一點時間、某一段時間，或過去的經驗，用「過去式」。從過去到現在的經驗，才用「現在完成式」。

【比較】She ***has been to*** the U.S. *many times.*

She ***went*** to the U.S. *many times last year.*

4. **D** I have no idea ***when*** he <u>will come</u> again.

我不知道他何時<u>會再來</u>。

I have no idea 相當於 I don't know，後面可接名詞子句，表未來就用「未來式」。

5. **C** I <u>am having</u> lunch *at the moment*. Can you come back *later*? 我現在<u>正在</u>吃午餐。你能不能待會兒再回來？

   at the moment 現在（＝*now*）
   have 當「有」解時，是狀態動詞，沒有進行式，本句中的
   have 指「吃」(＝*eat*)，表示現在正在做，用「現在進行式」。
   　I ***am having*** lunch now. ＝ I ***am eating*** lunch now.

6. **B** They <u>are arriving</u> *at Narita tomorrow*. 他們明天到成田。

   Narita〔nəˋritə〕*n.* 成田（機場）
   來去動詞可用現在式、現在進行式和未來式，表未來。
   這句話等於：They ***arrive*** at Narita tomorrow.【較常用】
   　　　　　　They ***will arrive*** at Narita tomorrow.【較少用】

7. **C** ***When*** *it began to rain*, the girls <u>were playing</u> *outside*.
   開始下雨時，女孩們<u>正在外面玩</u>。
   表示過去某時正在進行的動作，用「過去進行式」。

8. **A** I don't think I can meet you *at six tomorrow night*.
   <u>I'll still be working</u>.
   我想明天晚上 6 點鐘，我無法和你碰面。<u>我還在工作。</u>
   表示未來某時正在進行的動作，用「未來進行式」。

9. **C** My brother <u>belongs to</u> his company's basketball team.
   我的兄弟<u>屬於</u>他公司的籃球隊。

   belong to（屬於）是狀態動詞，無進行式，其他如：have
   （有）、live（住）、own（擁有）、need（需要）。

   【以上 9 題取材自「全真文法 450 題詳解」】

極簡高中文法
Make Grammar Simple

售價：280 元

主　　　編 / 劉　毅

發　行　所 / 學習出版有限公司　　☎ (02) 2704-5525

郵 撥 帳 號 / 05127272 學習出版社帳戶

登　記　證 / 局版台業 2179 號

印　刷　所 / 裕強彩色印刷有限公司

台 北 門 市 / 台北市許昌街 10 號 2F　☎ (02) 2331-4060

台灣總經銷 / 紅螞蟻圖書有限公司　　☎ (02) 2795-3656

本公司網址　www.learnbook.com.tw

電 子 郵 件　learnbook@learnbook.com.tw

2020 年 1 月 1 日初版

4713269383451

版權所有，本書內容未經書面同意，不得以任何
形式複製。

高三同學要如何準備「升大學考試」

　　考前該如何準備「學測」呢？「劉毅英文」的同學很簡單，只要熟讀每次的模考試題就行了。每一份試題都在7000字範圍內，就不必再背7000字了，從後面往前複習，越後面越重要，一定要把最後10份試題唸得滾瓜爛熟。根據以往的經驗，詞彙題絕對不會超出7000字範圍。每年題型變化不大，只要針對下面幾個大題準備即可。

準備「詞彙題」最佳資料：

背了再背，背到滾瓜爛熟，讓背單字變成樂趣。

考前不斷地做模擬試題就對了！

你做的題目愈多，分數就愈高。不要忘記，每次參加模考前，都要背單字、背自己所喜歡的作文。考壞不難過，勇往直前，必可得高分！

練習「模擬試題」，可參考「學習出版公司」最新出版的「7000字學測試題詳解」。我們試題的特色是：
①以「高中常用7000字」為範圍。②經過外籍專家多次校對，不會學錯。③每份試題都有詳細解答，對錯答案均有明確交待。

「克漏字」如何答題

　　第二大題綜合測驗（即「克漏字」），不是考句意，就是考簡單的文法。當四個選項都不相同時，就是考句意，就沒有文法的問題；當四個選項單字相同、字群排列不同時，就是考文法，此時就要注意到文法的分析，大多是考連接詞、分詞構句、時態等。「克漏字」是考生最弱的一環，你難，別人也難，只要考前利用這種答題技巧，勤加練習，就容易勝過別人。

準備「綜合測驗」（克漏字）可參考「學習出版公司」最新出版的「7000字克漏字詳解」。

本書特色：

1. 取材自大規模考試，英雄所見略同。
2. 不超出7000字範圍，不會做白工。
3. 每個句子都有文法分析。一目了然。
4. 對錯答案都有明確交待，列出生字，不用查字典。
5. 經過「劉毅英文」同學實際考過，效果極佳。

「文意選填」答題技巧

　　在做「文意選填」的時候，一定要冷靜。你要記住，一個空格一個答案，如果你不知道該選哪個才好，不妨先把詞性正確的選項挑出來，如介詞後面一定是名詞，選項裡面只有兩個名詞，再用刪去法，把不可能的選項刪掉。也要特別注意時間的掌控，已經用過的選項就劃掉，以免重複考慮，浪費時間。

準備「文意選填」，可參考「學習出版公司」最新出版的「7000字文意選填詳解」。

特色與「7000字克漏字詳解」相同，不超出7000字的範圍，有詳細解答。

「閱讀測驗」的答題祕訣

① 尋找關鍵字——整篇文章中,最重要就是第一句和最後一句,第一句稱為主題句,最後一句稱為結尾句。每段的第一句和最後一句,第二重要,是該段落的主題句和結尾句。從「主題句」和「結尾句」中,找出相同的關鍵字,就是文章的重點。因為美國人從小被訓練,寫作文要注重主題句,他們給學生一個題目後,要求主題句和結尾句都必須有關鍵字。

② 先看題目、劃線、找出答案、標題號——考試的時候,先把閱讀測驗題目瀏覽一遍,在文章中掃瞄和題幹中相同的關鍵字,把和題目相關的句子,用線畫起來,便可一目了然。通常一句話只會考一題,你畫了線以後,再標上題號,接下來,你找其他題目的答案,就會更快了。

③ 碰到難的單字不要害怕,往往在文章的其他地方,會出現同義字,因為寫文章的人不喜歡重覆,所以才會有難的單字。

④ 如果閱測內容已經知道,像時事等,你就可以直接做答了。

準備「閱讀測驗」,可參考「學習出版公司」最新出版的「7000字閱讀測驗詳解」,本書不超出7000字範圍,每個句子都有文法分析,對錯答案都有明確交待,單字註明級數,不需要再查字典。

「中翻英」如何準備

可參考劉毅老師的「英文翻譯句型講座實況DVD」,以及「文法句型180」和「翻譯句型800」。考前不停地練習中翻英,翻完之後,要給外籍老師改。翻譯題做得越多,越熟練。

「英文作文」怎樣寫才能得高分？

① 字體要寫整齊，最好是印刷體，工工整整，不要塗改。

② 文章不可離題，尤其是每段的第一句和最後一句，最好要有題目所說的關鍵字。

③ 不要全部用簡單句，句子最好要有各種變化，單句、複句、合句、形容詞片語、分詞構句等，混合使用。

④ 不要忘記多使用轉承語，像*at present*（現在），*generally speaking*（一般說來），*in other words*（換句話說），*in particular*（特別地），*all in all*（總而言之）等。

⑤ 拿到考題，最好先寫作文，很多同學考試時，作文來不及寫，吃虧很大。但是，如果看到作文題目不會寫，就先寫測驗題，這個時候，可將題目中作文可使用的單字、成語圈起來，寫作文時就有東西寫了。但千萬記住，絕對不可以抄考卷中的句子，一旦被發現，就會以零分計算。

⑥ 試卷有規定標題，就要寫標題。記住，每段一開始，要內縮5或7個字母。

⑦ 可多引用諺語或名言，並注意標點符號的使用。文章中有各種標點符號，會使文章變得更美。

⑧ 整體的美觀也很重要，段落的最後一行字數不能太少，也不能太多。段落的字數要平均分配，不能第一段只有一、兩句，第二段一大堆。第一段可以比第二段少一點。

準備「英文作文」，可參考「學習出版公司」出版的：